KB072726

風神 徐潤

풍신 서윤

풍신서윤 5

강태훈 新무협 판타지 소설

초판 1쇄 찍은 날 § 2016년 2월 23일
초판 1쇄 펴낸 날 § 2016년 2월 29일

지은이 § 강태훈
펴낸이 § 서경석

편집책임 § 김현미

펴낸곳 § 도서출판 청어람
등록번호 § 제387-1999-000006호
등록일자 § 1999. 5. 31
어람번호 § 제2-2640호

주소 § 경기도 부천시 원미구 부일로 483번길 40 서경B/D 3F (우) 14640
전화 § 032-656-4452 팩스 § 032-656-4453
http://www.chungeoram.com
E-mail § chungeorambook@daum.net

ⓒ 강태훈, 2015

ISBN 979-11-04-90655-8 04810
ISBN 979-11-04-90522-3 (세트)

風神絵唫

풍신서윤

5

강태훈 新무협 판타지 소설

1장	기습(奇襲)	7
2장	폭렬단주(爆裂團主)	31
3장	행방불명(行方不明)	61
4장	묘연(杳然)	85
5장	섬서성(陝西省)	109
6장	재회(再會)	129
7장	행방(行方)	159
8장	정체(正體)	189
9장	의문(疑問)	217
10장	충격(衝擊)	247

1장
기습(奇襲)

風神 徐閒

풍신 서윤

　서윤과 호걸개는 나란히 마부석에 앉았다.

　두 사람 사이에는 아무런 대화 없이 그저 어색함만 흐를 뿐
이었다.

　서윤으로서는 호걸개에게 무슨 말을 하기가 어려운 상황이
었다.

　배신자가 있을 것이라 추측하고 조사를 하면서 가장 의심
스러운 집단이 개방이었다. 실제로 봉황곡이 조사한 명단에
는 개방의 인물도 몇몇 있었다.

　호걸개의 이름은 없었다고는 하나 그를 통해서 어떤 식으

로든 자신의 정체부터 자신이 무엇을 하고 있는지까지 다 흘러들어갈지도 모를 일이었다.

그렇다 보니 서윤 입장에서는 사소한 이야기일지라도 입 밖에 내기가 조심스러웠다.

서윤의 그런 낌새를 눈치챘는지 호걸개가 먼저 말을 걸어왔다.

"죽은 줄 알았소."

"실제로 죽을 뻔했습니다."

서윤이 짧게 대답했다. 그에 말고삐를 쥔 호걸개가 서윤을 힐끗 한 번 쳐다보고는 미소를 지으며 말했다.

"그렇게 경계할 것 없소. 당신이 하고 있는 일, 아무에게도 발설할 생각은 없으니."

자신이 무엇을 하고 있는지 다 알고 있다는 듯한 말투에 서윤은 내심 놀랐지만 태연한 표정으로 일관했다.

"봉황곡주와는 어떻게 해서 함께 다니게 된 것이오?"

"어쩌다 보니 그렇게 됐습니다. 말하자면 깁니다."

서윤의 대답에 호걸개가 고개를 끄덕였다.

"뭐, 사정이 있겠지. 그래도 놀랐소. 권왕의 제자와 살수 집단의 수장이 동행하다니."

"요즘 같은 세상에서는 적 아니면 아군 아니겠습니까?"

"하긴, 그렇긴 하지. 다만 내 편인 줄 알았는데 적인 경우도 있어서 문제지."

호걸개의 의미심장한 말에 서윤이 슬쩍 고개를 돌려 그를 바라보았다.

'이자, 뭔가 알고 있다.'

속으로 그렇게 중얼거린 서윤이 작심한 듯 입을 열었다.

"그렇더군요. 특히 개방이."

서윤이 약간의 적의를 담아 말했다. 그러자 호걸개의 눈썹이 살짝 움찔했다. 하지만 입가에 걸린 미소만큼은 조금의 흐트러짐도 보이지 않았다.

"이상하긴 했지. 나도 찜찜해서 여기저기 은밀하게 좀 들쑤시고 있던 중이었소."

호걸개의 말에 서윤이 인상을 찌푸렸다. 그의 말을 듣고 있자니 그 역시도 자신이 했던 것처럼 배신자들을 찾고 있는 듯했다.

하지만 문제는 '그의 말을 어디까지 믿어야 하는가'였다.

"너무 그렇게 의심스러운 눈초리로 보지 마시오. 같은 일을 하는 입장이니 지금은 서로 협조해야 할 때가 아니겠소?"

'다 알고 있다.'

서윤은 호걸개가 자신이 무슨 일을 하고 있는지, 그리고 어떤 일이 벌어지고 있는지 다 알고 있다고 판단을 내렸다.

"어떻게 알았습니까?"

"후후. 우리 애들의 동선과 봉황곡 살수들의 동선이 묘하게 겹치더이다. 그리고 아까 당신이 봉황곡주와 함께 있는 것을 보고는 모든 조각이 맞춰졌지."

호걸개의 대답에 서윤이 작게 한숨을 쉬고는 입을 열었다.

"솔직히 난 아직도 당신을 믿지 못하겠습니다."

"믿는 게 이상하지. 지금은 누구도 믿기 어려운 상황이니까."

그렇게 말한 호걸개가 잠시 입을 다물었다. 한참 정면만 보고 마차를 몰던 그가 다시 입을 열었다.

"나도 솔직하게 한 가지 말하겠소. 난 우리 방주를 의심하고 있소이다. 아니, 그가 배신자라고 거의 확신하고 있지."

서윤은 놀란 표정을 지었다. 봉황곡에서 조사한 명단에 개방 방주의 이름은 없었던 까닭이었다.

"눈치를 보아하니 조사한 사람들 중 방주는 없었던 모양이군."

"없었습니다. 그렇기에 당신을 더더욱 믿을 수 없습니다. 방주가 아니라 당신이 배신자고 역으로 방주를 배신자로 모는 것이라면?"

서윤의 말에 호걸개가 나직이 한숨을 쉬었다. 하지만 서윤의 말도 일리가 있었다.

"그렇군. 그렇게 생각할 수도 있겠어. 그렇다면 좋소. 내가 배신자가 아닌 믿고 가야 할 사람이라는 걸 증명해 보이는 게 먼저겠군."

그렇게 중얼거린 호걸개가 살짝 인상을 찌푸린 채 무언가를 생각하더니 이내 입을 열었다.

"내가 배신자라면 검왕 선배님이 깨어나지 않길 바랄 것이오. 그렇지 않소?"

"그렇습니다."

"그런데 난 검왕 선배님을 위해 이분을 모셔가고 있소. 나한테 불리할 수 있는 일이지."

"하지만 종조부님에게 가까이 가기 위한 수단일 수 있지 않겠습니까?"

"나 혼자 검왕 선배님께 가는 건 아니지 않소? 그대도 있을 텐데. 당신의 무공이라면 나 한 명쯤 제압하고도 남을 것 아니오."

"내가 아무리 빠르다 한들 지근거리에서 살수를 쓰는 것까지 막아낼 재간은 없소."

"그럼 이러면 어떻겠소? 섬서성에 도착하면 난 마차에서 내리겠소. 대류상단에는 그대 혼자 가면 되겠지. 어의는 검왕 선배님을 치료하고, 난 섬서 분타에 있고. 그럼 위험 요소는 없는 것이오."

호걸개의 말에 서윤이 잠시 그를 쳐다보았다.

흔들림 없는 눈동자. 일단은 그의 말을 믿어도 될 듯했다.

'하지만 의심은 거두지 않는다.'

서윤은 조경 지부에서 있었던 일을 잊지 않고 있었다.

철석같이 믿었던 조경 지부장이 알고 보니 폭렬단주였다. 그리고 그에게 동료를 잃었다.

그런 일이 또다시 벌어지지 말라는 법은 없었다.

끝까지 의심하고 끝까지 집중하고 끝까지 긴장한다.

생사의 고비를 넘긴 그때의 경험이 이 험한 난세를 헤쳐 나가야 하는 서윤에게 큰 자산이 된 것이다.

그렇게 의심을 가득 안은 두 사람의 동행은 이제 막 시작되었다.

*　　　*　　　*

충격적이라는 말밖에 할 수가 없었다.

화산파의 몰락.

정도 무림, 구파일방에서도 항상 소림, 무당과 함께 수좌를 다투던 화산파의 몰락은 중원 전체를 충격에 몰아넣기에 충분했다.

도대체 누가.

어떻게 모두의 이목을 속이고 거대 문파인 화산파를 하루

아침에 멸문의 길로 내몰 수 있었단 말인가.

뒤늦게 그 소식을 접한 종남파가 출진하려 했으나 이미 늦은 상황이었다. 도리어 지금 상황에서 본산을 비운다면 역으로 당할 공산이 컸다.

종남은 화산으로 달려가는 대신 본산에서 나오지 않고 적들의 기습에 철저히 대비하면서 인근 감숙성에 있는 공동파에 도움을 청했다.

하지만 공동파 역시 망설이고 있었다.

공동파가 있는 감숙성과 섬서성은 지척이다. 만약 지원을 나갔던 병력이 몰살당한다면 공동파의 명운 역시 화산과 같은 길을 걸을 수밖에 없을 것이다.

물론 평소라면 지원을 망설이지 않았을 것이다. 하지만 적은 쥐도 새도 모르게 화산파를 무너뜨렸을 정도로 강한 힘을 가지고 있었다.

화산파의 멸문이 가져다준 충격.

그것은 단순히 충격으로 그친 것이 아니라 은연중에 두려움을 만들어내고 있었다.

공포.

정도 무림에 서서히 그 두 글자가 퍼져 나가고 있었다.

*　　　　*　　　　*

서윤과 호걸개는 별말 없이 마부석에 나란히 앉아 섬서성으로 향하고 있었다.

　산서성을 거쳐야 하지만 위아래로 길쭉한 산서성의 특성상 그리 오래 걸리지는 않을 것이다.

　갈 길을 재촉하던 마차가 휴식을 위해 잠시 멈춰 섰다.

　그러자 보이지 않는 곳에서 뒤따르던 개방 거지들이 나타나 간단히 요기할 것들을 준비하기 시작했다.

　서시를 비롯한 봉황곡 살수들의 모습은 보이지 않았다.

　하지만 어디선가 마차가 보이는 곳에서 자신들끼리 휴식을 취하고 있으리라.

　서윤은 호걸개와 적당히 거리를 두고 따로 휴식을 취했다.

　지금까지 그와 나누었던 대화들을 바탕으로 어느 정도 믿을 수 있는지 생각을 정리할 시간이 필요했다. 서윤은 그러면서도 언제든지 마차 쪽으로 빠르게 다가갈 수 있는 곳에 자리를 잡고 앉았다.

　호걸개도 그런 서윤을 이해한다는 듯 굳이 가까이 다가가지 않았다.

　그런 서윤에게 서시가 다가왔다.

　손에는 간단히 요기할 수 있는 육포 몇 개가 들려 있었다.

　"좀 먹어."

"아냐, 괜찮아. 살수들은?"

"쉬고 있어."

서시가 서윤의 옆에 털썩 주저앉았다. 그러고는 슬쩍 호걸개 쪽을 바라보더니 나직이 물었다.

"어떤 거 같아?"

"뭐가?"

"저 사람. 믿을 만한 것 같냐고."

서시의 물음에 서윤이 그녀를 빤히 바라보았다.

"들려서 들었어, 들려서. 그렇게 작은 목소리도 아니었구 만."

그녀의 대꾸에 서윤이 시선을 거두고는 입을 열었다.

"아직 모르지. 하지만 못 믿을 사람이라면 우리가 도착하기 전에 허문 영감을 해칠 수도 있었겠다는 생각도 들고."

"하긴. 그래도 의심해서 나쁠 건 없지."

"그렇지."

서윤은 다시 한 번 조경 지부에서의 일을 떠올렸다. 그때의 경험이 없었다면 지금과 같은 상황에서 호걸개를 그냥 믿어버렸을지도 모를 일이었다.

그러는 사이, 호걸개에게 거지 한 명이 다가가 귓속말로 무슨 말을 하는 듯했다.

심상치 않은 일인 듯 보고를 듣는 호걸개의 표정이 딱딱하게 굳어갔다.

보고를 받은 호걸개가 무슨 말을 하는가 싶더니 거지들이 일제히 자취를 감추었다.

수하들을 떠나보낸 호걸개가 서윤에게로 다가왔다.

그의 심각한 표정에 앉아 있던 서윤도 자리에서 일어났다.

"무슨 일입니까?"

"화산이 화를 당한 모양이오."

"화산이? 얼마나……."

"멸문이라더이다."

호걸개의 대답에 서윤과 서시는 화들짝 놀랐다.

화산이 어떤 곳인가. 중원 무림에서도 세 손가락 안에 꼽히는 명문이었다.

그런 곳이 멸문이라니. 서윤은 믿을 수가 없었다.

"자세한 것을 알아보기 위해 수하들을 보내기는 했으나 화산이 멸문당한 것은 확실한 것 같소. 적들이 이 정도로 강했다니."

호걸개의 말에 무거운 표정을 짓고 있던 서윤이 고개를 저었다.

"저들의 힘이 강한 것은 분명하겠으나 이렇게 쥐도 새도 모르게 화산을 멸문시킬 수 있었던 것은 소수로 움직였기 때문일 겁니다."

"그렇겠지. 소수로 움직였다면 누군가의 도움이 없었다면 결코 불가능했을 일이겠군."

"배신자들이 본격적으로 움직이기 시작했을 수도 있습니다."

서윤의 말에 호걸개의 표정이 더욱 심각해졌다. 만약 서윤의 말대로라면 정도 무림이 무너지는 건 순식간일 수 있었다.

"일단 서두르는 게 좋겠소. 수하들을 보냈으니 뭐라도 알아내면 보고가 들어올 것이오."

"알겠습니다."

짧게 대답한 서윤이 서시를 바라보자 입을 한 번 빼쭉 내민 그녀가 다시 봉황곡 살수들이 있는 쪽으로 사라졌다.

"미안하지만 마차에 타고 가주겠소? 생각을 조금 정리해야 할 것 같소."

"그러겠습니다."

서윤은 순순히 그러겠노라 답했다. 호걸개를 믿든 못 믿든 자신이 허문과 가장 가까이 있는 것이 그를 지킬 수 있는 가장 효과적인 방법이었다.

서윤이 조심스레 마차에 올랐고 서둘러 마부석에 앉은 호걸개가 말들을 재촉하며 속도를 높였다.

마차 안의 분위기는 무거웠다.

아니, 무겁다기보다는 숨 막힐 정도로 조용했다. 그런 곳에 앉아 가려니 서윤은 가시방석에 앉아 있는 것 같은 느낌이 들었다.

'이럴 줄 알았으면 그냥 마부석에 앉아 갈걸 그랬나?'

"자네."

정적을 깨는 허문의 목소리가 들렸다. 그에 서윤은 마치 거짓말하다가 들킨 아이처럼 움찔했다.

"예."

"상단전을 열었군."

"그렇습니다."

허문의 말에 서윤은 깜짝 놀랐다. 보기만 했음에도 자신이 상단전을 열었다는 사실을 단박에 알아 맞혔기 때문이었다.

"마의의 작품이겠지."

"그렇습니다."

"위험한 짓을 했다는 건 알고 있는 겐가?"

"그렇습니다. 실제로도 위험했지요."

서윤의 대답에 허문이 가만히 고개를 저었다.

"상단전을 열 때의 위험은 당연한 것일세. 하지만 억지로 열었다면 이후 닥칠 위험은 더 크다 할 수 있네."

허문의 말에 서윤은 가만히 그를 바라보았다.

"세상의 모든 일에는 부작용이 있게 마련이네. 좋은 것만 있는 건 아니란 뜻이지. 상단전을 열었기에 여러 가지 효능이 있을 것이야."

"그렇습니다."

허문의 말에 서윤이 대답했다. 실제로 상단전을 연 뒤 마의가 이야기했던 여러 가지 효능 중 몇 가지는 실제로 느끼고 있었다.

"그것이 위험하다네. 자네의 상단전은 온전하지가 못해. 온전하지 못한 그릇은 남용하면 금방 깨져 버리지. 지금 자네의 상태가 그래. 지금은 좋을지 모르지만 상단전이 제대로 준비가 되지 않는다면 초벌만 하고 내놓은 사기그릇과 같다네. 두번, 세 번을 구운 뒤에야 완성되는 그릇을 한 번 밖에 안 구웠으니 당연한 것이겠지."

"그렇습니까."

서윤의 대답에 허문은 고개를 끄덕였다.

사실 막연하게 그럴지도 모르겠다는 생각을 해왔던 서윤이지만 허문에게 직접적으로 이야기를 들으니 그 심각성이 조금 더 와 닿는 것 같았다.

"사람의 육체는 소모품일세. 많이 사용하면 닳게 되지. 하지만 무학을 익힌 자가 일반인보다 건강하고 더 오래 살 수 있는 이유는 그만큼 수련하고 단련하여 깨달음을 얻었기 때문이네. 반영구적인 상태로 만드는 것이라 할 수 있네. 하지만 지금 자네의 상단전은 원래부터 소모품인 것을 더 소모하도록 만들어 놓은 것이나 다름없네. 무공을 익히다가 잘못된 길에 들어서면 폭주하는 경우가 종종 있지. 그런 때에는 순간적으로 강한 힘을 낼 수는 있지만 정신력과 생명력을 갉아 먹는다네. 폭주에서 벗어난 사람들이 머지않아 목숨을 잃는 이유가 바로 그것이네. 자네의 상단전도 정신력을 갉아 먹고 있는 상황이야.”

“그렇다면 어떻게 해야 합니까?”

진지하게 묻는 서윤을 바라보던 허문이 입을 열었다.

“지름길은 없네. 경험을 쌓고 지닌 무학에 대한 깨달음을 얻어야지. 상단전은 특히나 그렇다네. 깨달음과 정신은 밀접한 관련이 있네. 묵묵히 정진하는 수밖에 없어.”

허문의 대답에 서윤은 답답했다.

결국 상단전으로 인해 정신이 망가지기 전에 깨달음을 얻어야 한다는 뜻이 아닌가.

하지만 그런 것이 쉽게 될 리가 없었다.

‘어쩔 수 없는 상황이었다. 후회는 안 해.’

서윤이 속으로 중얼거렸다. 그때였다.

[주변 분위기가 심상치 않아.]

서시의 전음에 서윤도 얼른 마차 밖의 기운을 살폈다. 마차를 향해 은밀하게 접근하는 기척들이 있었다.

[봉황곡의 수하들은 아닌 것 같은데. 살수들인가?]
[그런 것 같아. 그 폭렬단인가 하는 곳이라면 단주가 당신 앞에 나타났겠지. 젠장, 하필 이런 때에.]
[저들 수준은?]
[우리랑 엇비슷. 아니, 우리가 밀릴 수도 있겠어. 아무래도 살문 쪽인 것 같은데 그쪽 특급 살수들이 나섰다면 지금 우리들만으로는 역부족이야.]

서시의 말에 서윤이 잠시 무언가를 생각하는 듯하더니 허문에게 말했다.
"마차를 빠르게 몰 겁니다. 심하게 흔들릴 수 있으니 단단히 붙잡고 계십시오."
서윤의 말에 심상치 않음을 느낀 허문이 고개를 끄덕였다. 그러자 서윤이 마차 문을 열고는 마부석으로 훌쩍 신형을 날렸다.
마차를 몰고 있는 호걸개 역시 주변 공기가 심상치 않음을 느끼고 있던 차였다.
"살수들인 듯합니다."

"살수라니."

"봉황곡주의 말로는 살문 쪽 살수들인 모양입니다."

서윤의 말에 호걸개의 아미가 잔뜩 찌푸려졌다. 수하들을 섬서성으로 보낸 지 얼마 되지도 않았는데 살수라니.

"봉황곡 살수들로 막을 수 있겠소?"

"어려울 듯합니다. 제가 도와야 할 듯하니 마차를 최대한 빨리 몰아주십시오. 최대한 마차 쪽으로는 접근을 못 하게 하겠지만 혹시나 그런 일이 생긴다면 부탁합니다."

서윤의 말에 호걸개가 고개를 끄덕였다.

말고삐를 쥔 호걸개가 마차의 속도를 높이자 서윤이 마차에서 훌쩍 뛰어 내렸다.

그러고는 마차의 속도에 맞춰 달리며 서시에게 전음을 보냈다.

[무리하지 말고 상대할 수 있는 만큼만 상대해. 마차 쪽으로 보내도 괜찮아. 내가 다 막을 테니까.]

[알았어. 시작한다.]

전음과 동시에 서시와 몇몇의 봉황곡 살수의 움직임이 느껴졌다.

슈슈슉!

그리고 잠시 후, 주변에서 살수들이 튀어나와 일제히 마차를 공격하기 시작했다. 그에 서윤 역시 마차 주변을 분주하게 돌아다니기 시작했다.

퍼퍼퍼퍽!

살문 살수들이 마차에 검을 꽂기도 전에 나가떨어졌다. 그러자 마차로 달려들던 살수들이 방법을 바꿔 거리를 둔 채 암기를 날리기 시작했다.

"빌어먹을!"

서윤의 움직임이 더욱 빨라졌다.

부지런히 움직이며 사방에서 날아드는 암기들을 쳐내기 바빴다.

말고삐를 쥐고 있는 호걸개는 간간히 날아드는 암기들을 쳐내며 더욱 속도를 높였다.

하지만 아무리 빠르게 달린다 하여도 살수들의 속도를 이길 수는 없었다.

암기가 위에서만 날아오는 것이 아니라 전후좌우 가리지 않고 날아드는 탓에 서윤은 달리는 마차 위에 있다가 바닥으로 내려서기를 반복하고 있었다.

결코 쉬운 일이 아니었지만 서윤은 극에 오른 쾌풍보를 이용해 불가능할 것만 같은 일을 가능하게 만들고 있었다.

따다다다다다당!

서윤의 주먹에 튕겨 나간 암기들이 다시금 살수들을 향해 날아갔고, 몇몇은 그것을 미처 피하지 못하고 목숨을 잃었다.

　그러는 사이 서시를 비롯한 봉황곡 살수들이 살문 살수들을 상대하는 모습이 언뜻언뜻 보였다.

　고군분투하고는 있었지만 쉽지는 않은 듯했다.

[마차 쪽으로 붙어! 지금은 뭉쳐야 돼!]

　서윤이 서시 쪽으로 전음을 날렸다.

　은폐물을 방패 삼아 찰나의 순간에 상대를 공격하는 살수들의 특성상 마차 쪽에 붙어 모습을 드러내는 것은 자살행위나 다름이 없었다.

　하지만 적들의 공격을 막아내기만 하는 것이라면 충분히 가능했다.

　서윤은 봉황곡 살수들에게 마차의 호위를 맡기고 본인이 직접 살수들을 상대할 생각이었다.

　하지만 서시의 생각은 서윤과 다른 듯했다.

[먼저 가! 이쪽은 우리가 맡을 테니까!]
[안 돼.]

먼저 가라는 서시의 전음을 서윤이 단칼에 잘라 버렸다. 그녀의 전음을 듣자마자 황보수열의 일이 떠올랐기 때문이었다.

그때와 비슷한 상황.

그와 같은 상황이 다시 한 번 찾아온다면 결코 혼자 가지 않겠다는 다짐을 해오던 서윤이었다.

그리고 지금 비슷한 상황이 찾아왔다.

그런데 혼자 가라고? 절대 그럴 수 없었다.

"뭐하는가! 왼쪽!"

호걸개의 함성이 터져 나왔다.

그에 정신을 차린 서윤이 빠르게 움직이며 암기들을 쳐냈다.

그러는 사이 반대쪽에서 두 명의 살수가 튀어나와 마차를 노렸다.

암기를 쳐내던 서윤이 몇 개의 암기를 허공에서 그대로 낚아 채 반대쪽에서 달려드는 살수들을 향해 쏘아 보냈다.

진기가 실려 더욱 빠르고 위력적으로 날아간 암기는 살수들의 몸을 뚫고 지나가며 그들의 목숨까지도 거둬가 버렸다.

[난 안 죽어! 절대 안 죽어! 그러니까 얼른 가! 지금은 마차가 우선이야!]

서시의 전음에는 자신감도 있었고 간절함도 있었다.

서윤이 이를 악물었다. 얼마나 세게 물었는지 입가에 한줄기 피가 흘렀다.

[죽지 마.]

[안 죽는다니까! 안 죽고 살아서 찾아갈 테니까 그때 가서 부탁 하나만 들어줘.]

[알았다. 무슨 부탁이든 들어줄 테니 절대 죽지 마.]

서윤의 전음에도 서시는 답이 없었다.

적들을 상대하는데 집중하고 있는 탓이리라.

살벌한 살수들의 전장 쪽을 바라보던 서윤이 호걸개를 향해 말했다.

"전속력으로 달리십시오."

"저들은!"

"후에 만나기로 했습니다. 지금은 일단 이곳을 벗어나는 것이 우선입니다."

"이럇!"

서윤의 말에 호걸개가 말고삐로 말의 엉덩이를 세차게 내려 쳤다.

마차가 나아가는 동안에도 계속해서 살수들의 암기가 날아

들었고, 서윤은 최선을 다해 그 암기들을 쳐냈다.

그렇게 한참을 나아가자 따라붙는 살수들의 기척이 현저하게 줄어든 것을 느낄 수 있었다.

서윤은 마차 지붕 위에 서서 지나온 길을 바라보았다.

미안함과 고마움, 그리고 지금 이 순간 또다시 홀로 빠져나가는 자신을 향한 책망을 담은 시선으로 멀어져 기척도 느껴지지 않는 전장을 바라보고 있었다.

그렇게 한참이 지나도록 서윤은 눈에도 보이지 않고 느껴지지 않는 치열한 전장을 눈에 담으려는 듯 마차 위에 서 있었다.

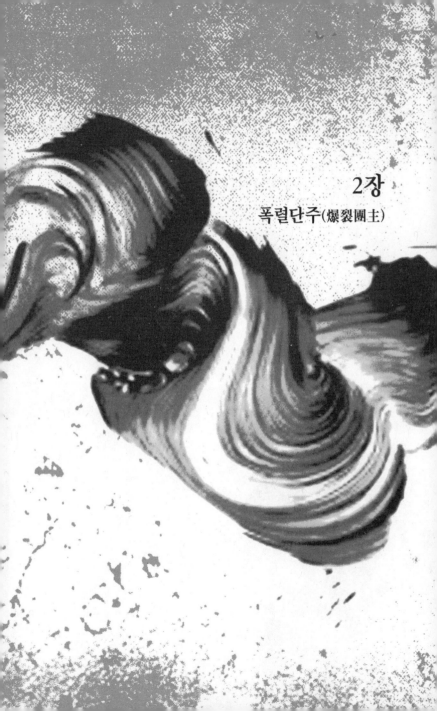

2장
폭렬단주(爆裂團主)

風神徐閏

풍신서윤

　장고를 거듭하던 공동파에서는 결국 종남에 지원을 보내기로 했다. 정예 백 명을 선발해 보내겠다는 파격적인 결정이었다.

　본산이 위험에 빠질 수 있다는 여론도 만만치 않았으나 종남이 화산과 같은 길을 걷게 된다면 공동파 역시 그들과 같은 명운을 맞이할 수밖에 없었다.

　결국 공동파 장문인인 막사명은 종남에 지원을 보내기로 결정을 내렸다.

운무가 자욱한 숲속.

어딘지 모르게 음산한 기운이 감도는 것 같은 그곳에 대규모 인원이 모습을 드러냈다.

종남파로 향하는 공동파의 정예들이었다.

눈을 반짝이며 주변을 경계하는 그들의 눈빛에서는 어떤 위협에도 굴복하지 않겠다는 강한 의지가 고스란히 담겨 있었다.

공동파가 있는 감숙성에서 종남파가 있는 섬서성까지는 산지가 많은 탓에 최대한 빨리 가기 위해 운무가 끼어 있는 데에도 산길을 택해 이동하고 있었다.

공동파 제자들을 이끄는 사람은 장로 셋이었다.

제일 장로인 곡연(曲燕)과 이 장로 노극량(盧極良), 그리고 맹도종(孟桃腫)이었다.

선두에 선 세 사람은 날카로운 눈빛으로 사방을 경계하며 제자들을 이끌어 전진하고 있었다.

스윽!

그때, 곡연이 주먹을 위로 들어 올렸다. 그러자 노극량과 맹도종 모두 주먹을 들어 뒤따르는 제자들을 멈춰 세웠다.

장로들의 수신호에 일제히 멈춰 선 공동파 제자들은 자연스럽게 사방을 경계하며 검 손잡이에 손을 가져갔다.

"종남으로 가는 길인가."

그들 앞으로 한 사내가 나타났다.

화산파 장문인의 목숨을 끊은 사내. 그가 공동파 제자들 앞에 모습을 드러낸 것이다.

"이처럼 운무에 덮인 숲이라면 기척을 감춘 채 기습하는 것이 훨씬 유리했을 텐데. 스스로 모습을 드러내다니 아둔하구나."

곡연이 살기 어린 목소리로 말했다.

사내가 모습을 드러내는 순간부터 적이라는 것을 감지한 공동파 제자들이 일제히 검을 뽑았다.

검집을 빠져나오는 검이 만들어낸 청아한 소리가 운무를 밀어내기라도 하듯 퍼져 나갔다.

"숨어서 기습하는 건 정정당당하지 못한 행동이지."

"감히 중원을 파탄으로 몰아넣으려는 자들이 정정당당을 논하는가!"

곡연의 입에서 일갈이 터져 나왔다. 그와 동시에 그의 몸에서 위압적인 기운이 뻗어 나왔다.

가히 구파의 일원인 공동파의 장로라는 자리가 아깝지 않을 정도의 위력이었다. 하지만 사내는 눈 하나 깜짝하지 않은 채 처음과 같이 그 자리에 서 있을 뿐이었다.

"다시 돌아간다면 지금 이 자리에서 죽을 일은 없을 것이다."

사내의 입에서 흘러나온 말에 이 장로 노극량이 기가 차다는 듯 말했다.

"실로 광오한 말이구나. 죽을 수도 있겠지. 하지만 죽음을 겁냈다면 우리는 이곳에 오지 않았을 것이다."

노극량의 말에 동의라도 하듯 검을 쥔 공동파 제자들의 손에 힘이 들어갔다. 검 손잡이를 감싼 가죽이 손바닥과 마주쳐 비틀어지는 소리가 곳곳에서 들렸다.

"죽음을 자초하는 것만큼 어리석은 일은 없지. 하긴, 지금 이 자리에서 돌아간다 해도 어차피 모두 죽을 운명이지만."

그렇게 말하며 사내가 검을 뽑았다.

가볍게 쥐고 서 있었지만 검을 뽑아 든 것만으로도 방금 전과 전혀 다른 위압감을 보이고 있었다.

곡연이 마른침을 삼켰다.

실로 오랜만에 마주친 강자.

긴장되고 걱정도 됐지만 그보다는 주체할 수 없는 흥분이 몸을 휘감는 것 같은 기분이 들었다.

곡연이 사내를 향해 한 걸음 나아갔다. 하지만 그보다 먼저 나선 건 삼 장로인 맹도종이었다.

평소 말수가 많지 않고 행동으로 보여주는 것이 많아 문파 내에서도 가장 큰 신뢰를 얻고 있는 장로가 바로 그였다.

지금 역시 가만히 듣고 있던 그가 참지 못하고 먼저 나선 것이라 생각한 곡연이 아쉽다는 듯 다시 뒤로 물러섰다.

"이, 이게 무슨!"

그 순간, 곡연은 믿을 수 없다는 표정을 지었다.

그뿐만 아니라 함께 있는 모든 사람들이 곡연과 같은 반응이었다.

사내를 향해 걸음을 내딛던 맹도종이 그의 옆에 가서 서더니 공동파 제자들을 향해 검을 겨눈 것이다.

"맹 장로! 이제 무슨 짓인가!"

노극량이 떨리는 목소리로 소리쳤다. 하지만 그의 입은 열리지 않았다.

그리고 다음 순간, 두 사람의 뒤쪽에 있던 공동파 제자들 중 일부가 동문을 향해 검을 겨누고 섰다.

믿을 수 없는 상황에 곡연과 노극량, 그리고 일부 공동파 제자들은 정신을 차릴 수가 없었다.

"등잔 밑이 어두운 법이지."

사내가 중얼거렸다. 그제야 곡연은 문파 내에 배신자가 있고 그 주체가 맹도종이라는 것을 알았다.

"네놈이 감히… 배신을!"

곡연이 이를 악물고 으스러지도록 검을 쥐었다. 분노가 하늘에 닿을 듯 치솟고 있었다.

'이렇게 죽는 것인가?'

제대로 싸워보고 죽는 것이라면 억울하지 않을 텐데 이렇게 뒤통수를 맞으니 모든 것이 허무했다.

하지만 타오르는 듯한 분노는 고스란히 남아 그의 눈빛을 통해 뿜어져 나오고 있었다.

"공동의 제자들이여! 배신자를 처단하고 우리도 명예롭게 죽자!"

"예!"

곡연의 외침에 공동파 제자들이 우렁찬 목소리로 그에 답했다.

수는 반절 이상 줄었으나 그 이상으로 뻗어나가는 기상.

명문 정파의 힘이 무엇인지 알 수 있는 모습이었다.

하지만 최후의 힘을 다 쏟아내려는 듯 화려하게 타오르는 불꽃은 이내 사그라지고 말았다.

오랜 시간이 걸리지 않아 주변을 하얗게 덮고 있던 운무는 빨갛게 물들어 있었으며 생명의 기운이라고는 땅에 깊이 뿌리 박고 있는 자연의 산물밖에 남아 있지 않았다.

*　　　　*　　　　*

살수들의 추격에서 벗어난 서윤 일행은 속도를 줄이지 않고 섬서성으로 향했다.

서윤은 서시를 비롯한 봉황곡 살수들의 생사가 걱정되었지만 무사할 것이라며 애써 마음을 다잡고 있었다.

　비록 그녀와의 첫 만남은 악연이었다 하나 어찌 되었든 지금은 생사를 함께하는 동료였다. 만약 그녀가 잘못된다면 황보수열 때만큼이나 힘든 나날을 보낼 것이 분명했다.

　'나 힘들게 하지 말고 꼭 살아라.'

　서윤이 몇 번이고 마음속으로 내뱉은 말이었다.

　그렇게 위험한 상황이 있었음에도 허문은 자세가 흐트러지거나 표정에 변화가 없었다.

　의학이 무학과 깊은 연관이 있다 하나 기본적으로 무림을 겪어보지 못했다면 목숨이 위험한 이 상황에서 이처럼 침착한 모습을 보일 수 없었다.

　'대단한 분이다.'

　마부석에 앉은 서윤은 뒤쪽으로 힐끗 시선을 옮기며 속으로 중얼거렸다.

　'의선이 아니라 하더라도 그와 밀접한 관계가 있는 분일지도 모른다. 어쩌면 의림 출신일지도.'

　서윤은 나름대로 허문의 출신에 대해 이런저런 생각을 하고 있었다.

　날이 어둑해질 무렵 산서성의 끝자락에 있는 하진(河津)현에 도착할 수 있었다. 지역의 경계에 있는 만큼 상대적으로 오가는 사람이 많은 곳이었다.

사람들의 왕래가 잦은 곳이다 보니 다른 곳에 비해 관군이 많은 지역이기도 했다.

적들이 굳이 그런 것을 따지지는 않겠지만 그래도 관군의 존재는 호걸개나 서윤으로 하여금 잠시 마음을 놓을 수 있는 계기를 마련해 주고 있었다.

객점을 찾은 호걸개는 방 두 개를 잡았다.

"하나는 허문 영감의 방이고 다른 하나는 서 소협의 방이오."

"호 장로님은……"

서윤의 물음에 호걸개가 너털웃음을 터뜨리다가 말했다.

"우리 같은 거지들에게는 세상 모든 곳이 방이오. 객점 같은 곳은 사치지. 내 걱정은 말고 혹시 모르니 허문 영감이나 잘 지켜주시오."

그렇게 말한 호걸개가 식사도 하지 않고 객점을 빠져나갔다. 서윤은 그런 호걸개의 뒷모습을 잠시 바라보다가 허문과 함께 객점 안으로 들어갔다.

허문과 서윤은 각자의 방에서 따로 식사를 했다.

식사를 마치고 잠시 침상에 누워 있던 서윤은 자리에서 일어나 방을 나서 허문의 방으로 발걸음을 옮겼다.

"잠시 들어가도 되겠습니까?"

"들어오시게."

허문의 말에 서윤이 조심스럽게 문을 열고 안으로 들어갔다.

허문은 침상 위에 앉아 마치 운기를 하는 것처럼 가부좌를 틀고 앉아 있었다.

"명상 중이셨습니까?"

"명상이라고 할 것도 없네. 그냥 가만히 앉아 마음을 차분히 가라앉히고 있던 게지."

그렇게 말한 허문이 침상에서 내려와 의자에 앉았다.

"그래, 무슨 일이신가?"

"이런저런 생각을 하다가 여쭤볼 것이 있어서 찾아왔습니다."

"상단전 때문인가?"

허문의 물음에 서윤은 가만히 고개를 저었다. 어차피 주어진 문제는 본인 스스로 풀어야 할 것이었다.

"왜 낙향하려 마음 먹으셨습니까?"

서윤이 직접적으로 물었다. 그에 허문이 웃음을 터뜨리며 입을 열었다.

"자네가 보다시피 난 나이를 많이 먹었네. 황제의 옥체를 살피는 어의이지만 조정에 있는 동안 여러 가지 일을 겪었지.

세상 모든 일이 그렇듯이 좋은 일이 있는가 하면 좋지 않은 일도 있었다네. 그런 것에 지쳤을 뿐이야."

"그럼 고향으로 가서 쉬실 법도 한데, 군이 섬서성으로 가시려는 이유가 무엇입니까?"

"허허. 취조당하는 기분이구만그래."

"그렇게 느끼셨다면 죄송합니다."

서윤이 허문에게 고개를 숙였다. 하지만 허문은 다 이해한다는 듯 고개를 끄덕이며 입을 열었다.

"나 역시 어의가 되기 전에는 무림에 몸담았던 사람일세. 마의가 나를 알고 있는 것도 그 때문이지. 들어본 적이 있는지 모르겠지만 의림에 속했던 사람이네."

허문의 말에 서윤은 가만히 고개를 끄덕였다.

이곳까지 오는 동안 그가 보인 모습을 생각하면 놀랄 것도 없는 이야기였다.

"그런 내가 어의가 된 것은 사연이 기니 각설하겠네. 어쨌든 무림에 몸담았던 사람으로서 검왕의 일에 어느 정도 책임을 느끼기 때문에 섬서성으로 가려던 것이네. 누구의 부탁도 있고."

"누구의 부탁이었습니까?"

"지금까지 자네와 함께 온 사람."

이번 허문의 대답에 서윤은 조금 놀랐다. 호걸개를 온전히 믿지 못하기 때문인지 그가 허문에게 검왕의 치료를 부탁했다는 것이 의외의 일처럼 다가왔다.

"자네는 호걸개 그 사람에게 의심을 가지고 있는 모양이더군."

"그렇습니다."

"그자가 내게 그런 부탁을 했다는 건 믿어도 된다는 뜻 아니겠는가?"

허문의 말에 서윤은 가만히 고개를 저었다.

"분명 처음보다는 믿을 수 있겠다 싶은 생각이 드는 것도 사실입니다. 하지만 모든 것이 완전해질 때까지 저는 단 일 리의 의심도 거두지 않을 생각입니다."

"무슨 사연이라도 있는 겐가?"

허문의 물음에 서윤은 고개를 끄덕였다. 그러고는 덤덤하게 황보수열 때의 일을 털어 놓았다.

"믿었던 사람에게 속아 동료를 잃었습니다. 현 무림에는 배신과 음모가 난무합니다. 이런 상황 속에서 누군가를 온전히 믿는 건 바보 같은 짓이라는 걸 알았기 때문입니다."

"그럼 나도 믿지 말아야 하는 것 아닌가? 자네가 믿지 못하는 호걸개가 적이고 만약 내가 그와 한편이라면? 그런 상황이 있을 수도 있는데 자네는 내게 이런 이야기를 털어 놓는군."

허문의 물음에 서윤이 미소를 지으며 말했다.

"저를 고쳐 준 마의가 그러더군요. 마도에 몸담고 있든 정도에 몸담고 있든 의학을 익힌 자는 환자를 외면하지 않는다고. 그 역시도 제가 할아버지의 전인이라는 걸 알면서도 최선을 다해 치료했습니다. 그 외에도 제가 지금까지 봐온 의원들은 모두가 환자 앞에서 진심이었고요. 지금도 마찬가지입니다. 환자인 종조부님을 치료하기 위해 고향이 아닌 대륙상단으로 향하는 모습에서 신뢰를 느꼈기 때문입니다."

서윤의 대답에 허문은 가만히 그의 눈을 바라보았다. 그러더니 너털웃음을 터뜨렸다.

"허허허! 마의 그 사람이 그래도 의원은 의원인 모양이구만."

그렇게 중얼거린 허문이 서윤에게 말했다.

"너무 쉽게 믿는 것도 좋지 않지만 의심이 너무 과하면 그것도 문제가 되는 법이라네. 모든 건 판단에 달린 게지. 의심해야 할 때와 의심을 거두고 믿어야 할 때를 잘 판단해야 할걸세. 그래야 사람을 얻고 더 큰일을 할 수 있는 법이네. 그런 경험을 했으니 누군가를 쉽게 믿지 못하는 건 당연한 일이겠지만 지금 자네 생각대로라면 자네 주변에 있는 모든 사람을 의심해야 하네."

"명심하겠습니다."

서윤이 허문에게 인사하고는 그의 방을 나섰다. 그와 대화를 나누고 나니 왠지 모르게 머릿속이 더욱 혼란스러워지는 것 같은 기분이 들었다.

작게 한숨을 쉰 서윤은 자신의 방으로 돌아가 침상에 벌렁 드러누워 버렸다.

다음 날 이른 시간.

호걸개는 일찌감치 서윤과 허문이 묵고 있는 객점 앞에 와 있었다.

그리고 얼마 후, 서윤과 허문이 떠날 채비를 마치고 객점 밖으로 나왔다.

"편히 주무셨습니까?"

"덕분에 푹 잤다네."

"갈 길도 멀고 한시가 급하니 서둘러야 할 듯합니다."

"난 괜찮네. 오랜만에 이리 멀리까지 가니 유람하는 기분도 들고 좋군."

허문의 말에 서윤과 호걸개는 어색한 미소를 지었다. 언제 또다시 지난번 살수들의 습격과 같은 일이 벌어질지 모르는 데 유람이라는 말을 하는 허문이 대단하게만 보였다.

"아무튼 마차에 오르십시오."

서윤의 말에 허문이 고개를 끄덕이고는 마차에 올랐다.

서윤과 함께 마부석에 앉은 호걸개가 잠시 하늘을 올려다보았다.

"날이 많이 따뜻해졌군. 화산이 기지개의 시작이었던 것인가."

그렇게 중얼거린 호걸개가 이내 마차를 출발시켰다.

산서성을 지나 섬서성에 들어서자 서윤은 마음이 조급해지는 것을 느꼈다. 한시라도 빨리 대륙상단으로 가 모두를 만나고 싶은 마음이 컸다.

하지만 오히려 지금의 섬서성은 위험지역이라 할 수 있었다.

검왕의 치료가 급한 만큼 섬서성의 현 상황을 파악하는 것 역시 시급을 다투는 일이었다.

호걸개 역시 같은 생각이었는지 섬서성에 들어선 후부터는 마차의 속도를 조금 늦췄다. 급하게 가기보다는 앞서 보냈던 수하들의 보고를 기다렸다가 판단하고 움직이는 것이 낫겠다는 생각이었다.

"기분 나쁜 길이로군."

호걸개가 마차를 몰며 말했다. 길의 양쪽은 숲이었는데 양쪽 숲은 높고 길은 낮은, 골짜기 같은 지형이었다.

호걸개의 말을 듣고 나니 서윤도 왠지 모르게 불길한 예감이 드는 것 같았다.

더욱이 산서성에서 넘어온 이곳은 화산과 그리 멀지 않은 곳이라 불길함이 더한 것 같았다.

그렇게 평소보다 더욱 주변을 경계하며 앞으로 나아가던 마차가 멈춰 섰다. 약 삼십 장 앞에 누군가가 서 있었기 때문이었다.

제법 거리가 있었으나 서윤은 그 사람이 누군지 한눈에 알아볼 수 있었다.

"빌어먹을."

서윤이 나직이 중얼거렸다. 그러고는 호걸개를 보며 말했다.

"제가 저자를 제치고 길을 뚫으면 그대로 달리십시오."

"아는 사람이오?"

긴장한 듯한 서윤의 목소리에 호걸개가 물었다.

"조장을 죽인 폭렬단주입니다. 절 잡는데 혈안이 되어 있기도 하고."

"흠……."

호걸개의 표정도 심각해졌다. 서윤이 긴장할 정도라면 그의 실력도 만만치 않을 것이라는 생각 때문이었다.

"괜찮겠소?"

"괜찮습니다. 곧 따라잡을 테니 기회가 생기면 곧장 전속력으로 달리십시오. 저자가 이곳에 나타났으니 근처에 폭렬단이

와 있을지도 모릅니다. 그러니 더욱 조심해야 합니다."

"알겠소."

호걸개의 대답에 서윤이 마차에서 내렸다. 그러고는 호걸개를 쳐다보며 다시 입을 열었다.

"전 아직도 당신을 완전히 믿지 못합니다. 하지만 지금 이 순간 믿을 수 있는 건 당신밖에 없습니다. 이 선택, 이 판단에 후회하게 될지도 모르겠습니다만 지금으로서는 어쩔 수 없으니……."

"걱정 마시오. 이 위기를 넘기고 대륙상단에 가면 모든 의심이 풀릴 것이오."

호걸개가 서윤을 안심시키려는 듯 목소리에 힘주어 말했다. 그에 고개를 끄덕인 서윤이 정면을 바라보았다.

흉흉한 눈빛으로 자신을 쳐다보는 폭렬단주의 시선이 고스란히 느껴졌다.

서윤은 천천히 그를 향해 다가갔다. 그러면서 천천히 진기를 끌어올리고 주먹을 쥐었다.

폭렬단주 역시 서윤을 향해 천천히 발걸음을 옮겼다.

어느새 뽑아 든 검에서는 아지랑이 같은 기운이 피어오르고 있었다.

천천히 서로를 향해 다가가던 두 사람의 발걸음이 점차 빨라졌다.

느린 걸음이 빠른 걸음이 되고 어느새 서로를 향해 달리기 시작했다.

서윤이 주먹을 들어 올렸다.

한껏 진기를 끌어 올린 상태에서 크게 숨을 들이 마신 서윤이 정면을 향해 주먹을 쏘았다.

그에 맞서 폭렬단주 역시 진기를 머금은 검을 아래에서 위로 그었다.

초승달 모양의 검기가 서윤을 반으로 가를 듯 맹렬한 기세로 뿜어져 나왔다.

하지만 서윤은 눈 하나 깜짝하지 않았다.

초승달 모양의 검기와 서윤의 주먹이 정면으로 충돌했다.

콰콰쾅!

엄청난 폭음과 함께 사방으로 흙과 돌이 튀었다.

서윤과 가까운 곳에서 터져 버린 기운.

하지만 폭렬단주를 향해 쇄도하는 서윤의 속도는 조금도 줄어들지 않았다.

흙먼지를 뚫고 나간 서윤이 연이어 주먹을 뻗었다.

직전에는 진기를 주먹에 머금고 있었다면 이번에는 정면으로 권기(拳氣)를 쏘아 보냈다.

서윤은 상단전을 연 이후 틈이 날 때마다 풍령신공과 풍절비룡권을 파고들었다.

상단전을 염으로 인해 향상된 능력은 서윤으로 하여금 본인이 익힌 무공을 더욱 깊이 있게 파고들 수 있도록 도왔고 권기를 사용하는데 있어서 예전보다 더욱 능숙해질 수 있었다.

서윤의 권기를 본 폭렬단주는 사나운 표정으로 연달아 검을 휘둘렀다.

초승달 모양의 검기가 교차하며 서윤의 권기에 맞섰고 그럼에도 서윤은 물러섬 없이 정면으로 빠르게 파고들었다.

쾅!

방금 전보다 더욱 강력한 기파가 사방으로 뻗어나갔다.

"맙소사!"

멀찌감치 떨어진 마차에 타고 있던 호걸개는 넋을 잃고 앞에서 펼쳐지는 싸움을 지켜보고 있었다.

이 정도라니.

호걸개는 서윤의 실력을 어렴풋하게 짐작하고 있었을 뿐 정확하게 파악하지 못하고 있었다.

그런데 실제로 보니 자신이 생각했던 수준을 상회하는 모습을 보이고 있었다.

그런 서윤과 대등하게 싸우는 폭렬단주는 또 어디서 튀어나왔단 말인가.

저런 자와 지금까지 여러 차례 싸워 목숨을 부지한 서윤이 대단하게만 느껴졌다.

하지만 호걸개에게 그런 감상을 사치였다.

연이어 들린 폭음에 이어 엄청난 기파가 퍼져 나왔는데, 멀리 떨어진 마차까지도 그 영향이 미칠 정도였다.

호걸개가 진기를 끌어올려 정면을 향해 옥룡팔장(玉龍八掌)을 펼쳤다.

그의 손에서 뿜어져 나간 장력 덕분에 마차는 서윤과 폭렬단주가 만들어낸 기파로부터 무사할 수 있었다.

"무시무시하군."

호걸개가 식은땀을 흘리며 중얼거렸다.

"이곳을 벗어나는 게 급선무인데……"

이번은 무사히 기파를 막았지만 계속해서 이렇게 막고 있을 수만은 없었다.

게다가 자신이 마차를 끌고 이곳을 벗어나야 서윤도 마음 편히 폭렬단주를 상대할 수 있을 것이었다.

하지만 두 사람의 싸움 때문에 마차를 움직이기가 여의치 않았다. 길의 폭도 좁아 마차를 돌릴 수도 없는 상황.

결국 서윤이 폭렬단주를 쓰러뜨리던지 다른 쪽으로 유인하는 것밖에는 방도가 없었다.

[가능하면 폭렬단주를 다른 쪽으로 유인해 주시오!]

서윤이 싸우는데 방해가 될지도 몰라 조심하고 있었지만 호걸개는 이대로는 안 되겠다 싶은 마음에 조심스럽게 전음을 보냈다.

그의 전음을 들었는지 서윤이 쾌풍보를 이용해 그의 시선을 흐트러뜨리기 시작했다.

쾅!

서윤의 주먹에서 뻗어나간 기운이 폭렬단주의 지근거리에서 터졌다.

공격을 펼친 직후였기에 서윤의 공격에 제대로 반응할 수 없었던 폭렬단주가 짧은 신음과 함께 휘청거렸다.

그 틈을 놓치지 않고 서윤이 재차 공격을 펼쳤다.

하지만 비틀거리면서도 폭렬단주는 강맹한 공격을 펼쳐 서윤을 견제하고 있었다.

하지만 서윤이 원하는 것은 바로 그것이었다.

펼치던 공격을 급하게 회수한 서윤은 재빨리 거리를 벌렸다. 그러고는 옆쪽의 숲을 향해 뛰어들었다.

그 틈에 자세를 바로잡은 폭렬단주가 잔뜩 성이 난 표정으로 서윤의 뒤를 따라 숲으로 들어갔다.

두 사람이 숲으로 사라진 것을 확인한 호걸개는 바로 움직이지 않고 잠시 그 자리에 멈춰 서서 상황을 확인했다.

숲 안에서 몇 차례 폭음이 들리는가 싶더니 이내 푸드득 거리며 날아가는 새 떼의 모습이 보였다.

"이럇!"

그제야 호걸개가 마차를 몰았다.

두 사람의 싸움 때문에 길 곳곳이 패여 마차가 움직이기에 쉽지는 않았지만 그래도 이곳을 벗어날 수 있는 것이 다행이라 할 수 있었다.

"마차가 심하게 덜컹거릴 수 있습니다!"

마차 안의 허문에게 소리친 호걸개가 조심스럽게 마차를 몰았다.

두 사람이 싸움을 벌인 곳을 지나가고 평평한 길이 나타나자 호걸개는 마차의 속도를 높였다.

호걸개와 허문을 보내기 위해 숲으로 그를 유인한 서윤의 상황은 좋지 못했다.

마치 이럴 것이라는 걸 예상이라도 했다는 듯 곳곳에서 폭렬단이 튀어나와 서윤을 공격했다.

은밀한 움직임이 특기인 그들에게 숲은 최적의 장소였다.

그나마 아직 해가 밝은 시간이라는 점이 불행 중 다행이라할 수 있었다.

서윤이 검을 피해 몸을 비틀었다.

그러자 이번에는 다리 쪽을 노리고 한줄기 선이 바닥을 쓸 듯 날아들었다.

서윤은 가볍게 땅을 박차며 허공으로 몸을 띄웠다.

슈슈슈슉!

여러 개의 검이 서윤의 몸을 꿰뚫을 기세로 날카롭게 날아 들었다.

핑그르르!

서윤이 허공에 뜬 채로 빠르게 몸을 회전시켰다.

그러면서 주먹에 실은 진기를 뿌리며 날아드는 검을 모조 리 쳐냈다.

땅에 착지한 서윤은 축이 되는 발에 온 힘을 모아 순식간 에 튀어나갔다.

그 자리에는 서윤이 착지함과 동시에 공격을 시도하던 폭렬 단원 한 명이 있었다.

쾅!

순식간에 다가온 서윤의 공격에 대비하지 못한 폭렬단원이 서윤의 주먹에 맞아 튕겨 나갔다.

거목에 강하게 부딪친 그가 입으로 피를 토하며 땅으로 곤 두박질 쳤다.

그 순간 서윤은 등 뒤에서 느껴지는 강한 기운에 얼른 그 자리에서 벗어났다.

콰쾅! 쩌저적!

간발의 차이로 서윤의 옆을 지나간 기운이 방금 전 그 거목을 부러뜨렸고 힘겹게 몸을 일으키던 폭렬단원은 쓰러지는 거목에 깔려 그대로 목숨을 잃고 말았다.

서윤이 고개를 돌려 폭렬단주를 바라보았다.

수하가 목숨을 잃었음에도 전혀 동요 없이 서윤에게 시선을 고정하고 있었다.

서윤은 그의 눈에서 광기를 보았다.

예전과 달리 폐인에 가까운 모습을 하고 있는 그.

모든 것을 포기하고 오직 하나의 목표를 향한 집착과 광기의 결정체였다.

서윤은 소름이 돋았다.

그와 자신이 서로 적이라고 하나 이 정도의 집착과 광기를 보일 정도로 지독한 악연은 아니었다.

도대체 무엇이 그를 이렇게 만들었는지는 알 수 없었으나 여기서 끝을 보지 않으면 걷잡을 수 없을 것이라는 강한 예감이 들었다.

서윤이 몸을 일으켰다.

그의 주변에는 쓰러진 폭렬단의 시신이 가득했다.

생각보다 인원이 적은 듯했으나 그런 것은 상관없었다.

지금은 오직 눈앞에 있는 폭렬단주만 생각하고 그를 쓰러뜨리는 데에만 집중해야 했다.

서윤은 모든 신경을 폭렬단주에게 집중시켰다.

마교주에게 닿기 위한 첫 번째 관문이라 생각하고 심혈을 기울여 눈앞의 상대를 쓰러뜨릴 생각이었다.

폭렬단주 역시 서윤을 죽이겠다는 일념 하나로 무섭게 그를 노려보고 있었다.

서윤의 귀에 들리던 주변의 소리들이 사라졌다.

눈에 보이던 숲의 움직임도 점차 보이지 않게 되었다.

폭렬단주의 숨소리만 들렸고 작은 움직임만 보였으며, 이따금 뺨을 스치는 바람의 느낌만이 남아 있을 뿐이었다.

서윤이 깊게 숨을 들이마셨다.

그리고 그와 동시에 땅을 박차고 쏘아져 나갔다.

땅이 움푹 파임과 동시에 서윤은 폭렬단주의 앞에 다다라 있었다.

풍절비룡권의 절초들이 연이어 펼쳐진다.

지척에서 터지는 강력한 기운들이 폭렬단주의 전신을 난타하기 시작했다.

폭렬단주의 검이 뿜어내는 기운 역시 서윤의 기운에 맞서 그 위력을 뽐냈다.

강과 강의 대결.

그 어느 쪽도 물러서지 않겠다는 강한 의지가 고스란히 발

현하고 있었다.

콰콰콰쾅!

휘이이잉!

스스스스!

연이은 충돌에 주변 숲이 울음을 터뜨렸다.

종잡을 수 없는 공기의 흐름에 주변이 일렁였다.

오로지 두 사람만이 제어하는 공간의 흐름 속에서 조금씩 승기를 잡아가는 사람은 서윤이었다.

한층 향상된 위력의 풍절비룡권.

그리고 그와 절묘한 조화를 이루는 극에 다다른 쾌풍보.

거기에 그 어느 때보다 높은 집중력이 하나로 뭉쳐졌다.

시간의 흐름. 그리고 싸움의 흐름이 점차 서윤을 중심으로 돌아가기 시작했다.

악을 쓰며 서윤의 공격을 막고 반격을 해나가던 폭렬단주는 서윤의 흐름에 휩쓸려 점차 기세를 잃어가고 있었다.

쾅!

서윤의 공격이 폭렬단주의 옆구리에 정확히 틀어박혔다.

휘청거리며 옆으로 튕겨 나가는 폭렬단주를 서윤이 빠르게 따라갔다.

그러고는 반대쪽에서 다시 한 번 일격을 펼쳤다.

쾅!

쾅!

쾅!

서윤이 사방으로 움직이며 폭렬단주를 난타하기 시작했다.

서윤의 몸을 돌고 있는 풍령신공의 진기는 신이 난 듯 그의 동작 하나하나에 반응하고 있었다.

"푸우우!"

폭렬단주의 입에서 피가 분수처럼 쏟아져 나왔다.

반쯤 풀린 눈동자와 불규칙한 호흡.

산발한 머리와 곳곳이 찢어지고 부어오른 그의 모습은 사람이 아닌 괴물처럼 보일 정도였다.

"헉! 헉! 헉!"

서윤이 거친 숨을 몰아쉬며 어느새 입가에 흘러나와 있는 한줄기 선혈을 닦아내었다.

그러자 조금씩 주변의 소리와 움직임이 귀와 눈을 통해 정상적으로 들어오기 시작했다.

서윤은 꼿꼿하게 서서 쓰러져 있는 폭렬단주를 바라보았다.

가슴의 움직임은 물론이고 그 어떤 미동도 없는 그.

서윤은 그 순간 폭렬단주와 자신 사이의 지긋지긋한 악연의 고리를 끊어냈다는 것을 알 수 있었다.

그리고 이것은 시작일 뿐 앞으로 넘어야 할 관문이 적지 않다는 것도 본능적으로 느낄 수 있었다.

서윤은 그 자리에서 가부좌를 틀고 앉았다.

방금 전 싸움으로 인해 입은 내상을 치료함과 동시에 닿을 듯 가깝게 다가온 작은 깨달음을 자신의 것으로 만들기 위함이었다.

싸움을 하고 시체들 사이에서 의식을 잃고 쓰러졌던 지금까지와 달리 이번에는 시체들 사이에서 깨달음을 얻기 위해 무의식에 빠져드는 서윤이었다.

얼마의 시간이 지났을까.

서윤은 눈을 뜨고 주변을 훑었다. 직전에 벌인 싸움의 치열한 흔적이 어둠 속에 고스란히 남아 있었다.

주변을 훑던 서윤이 시선을 돌려 싸늘하게 식어 있는 폭렬단주의 시신을 바라보았다.

서로가 서로를 죽여야 하는 적으로 만나 치열한 싸움을 벌였고 그 결과가 바로 폭렬단주의 주검이었다.

하지만 서윤은 고통스러운 표정을 지은 채 싸늘하게 식어 있는 그의 모습에서 왠지 모를 측은함을 느꼈다.

서윤이 천천히 자리에서 일어났다.

운기에 들기 전보다 두 눈에서 보이는 총기(聰氣)가 더욱 빛나고 있었다.

서윤은 서둘러 그 자리를 벗어났다.

숲을 빠져나온 서윤은 한줄기 선이 되어 빠르게 그 자리에서 사라졌다.

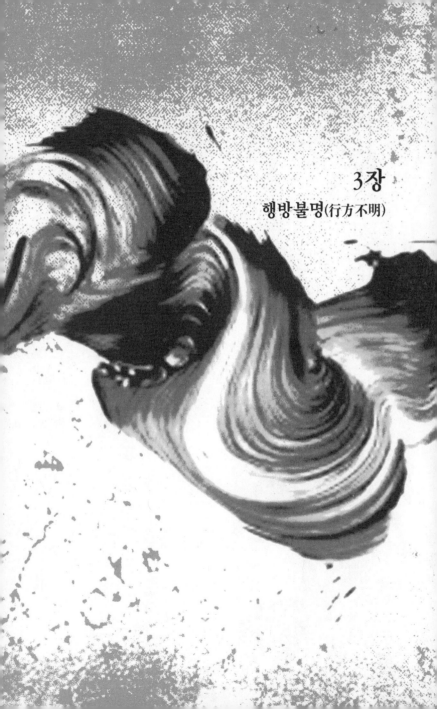

3장
행방불명(行方不明)

風神徐閤

풍신서윤

　서윤이 멈춰선 것은 사시(巳時) 말이 되었을 때였다.

　밤새 달려 서윤이 도착한 곳은 살문의 살수들의 습격이 있
던 그 장소였다.

　싸움이 끝났어도 진작 끝났을 터인데 서시를 비롯한 봉황
곡 살수들은 아직까지 자신을 찾아오지 않고 있었다.

　그에 걱정이 된 서윤은 그 장소를 다시 찾은 것이다.

　원래대로라면 허문을 데리고 간 호걸개 쪽으로 갔어야 하
는 것이 맞으나 일단은 호걸개를 믿기로 하고 이쪽으로 달려
온 것이다.

서윤은 싸움이 벌어졌던 흔적을 찾았다.

며칠이 지난 탓에 흔적을 찾는 것이 쉽지는 않았으나 곳곳에서 작은 흔적들을 찾을 수 있었다.

'시신이 없다.'

흔적이 발견된 곳 주변으로 시신은 보이지 않았다. 지난 시간이 있는 만큼 누군가가 시신을 수습한 듯했다.

'죽은 것인가.'

그렇게 생각하던 서윤은 고개를 저었다. 자신이 실종되었을 때에도 끝까지 희망을 놓지 않은 사람들이 있었던 것처럼 자신도 죽었다고 단정 짓지 말자고 다짐했다.

'다른 봉황곡 살수들로부터 연락이 올 때까지 기다리는 수밖에 없는 건가.'

서윤이 그렇게 중얼거렸다. 순간 호걸개를 떠올렸으나 이내 고개를 저었다.

그가 믿을 수 있는 사람이라 하더라도 개방을 온전히 믿을 수는 없었다. 그렇다면 호걸개가 가용할 수 있는 인원은 그가 부리는 수하들 정도인데 그들이라면 섬서성의 일만으로도 힘에 부칠 수 있었다.

게다가 살수들이라면 지금 이 흔적을 보고 자신이나 개방에서는 알 수 없는 다른 어떤 단서를 찾아낼 수 있을지도 몰랐다.

"살문. 살문이란 말이지."

그렇게 중얼거린 서윤은 서둘러 발걸음을 옮겼다.

＊　　　＊　　　＊

"폭렬단주가 죽었다고 합니다."

"자결인가?"

"아닙니다."

여인의 대답에 마교주의 몸이 딱딱하게 굳었다. 마치 석상이 된 듯 가만히 서 있던 그가 천천히 몸을 돌려 그녀를 바라보았다.

마교주의 눈을 본 여인은 저 멀리 북해의 보물이라는 빙정도 이보다 차가울 수 없을 것이라는 생각을 했다.

그 정도로 마교주의 시선은 차갑게 빛나고 있었다.

"결국 그렇게 되었단 말이군."

세상 모든 것을 얼려 버리기라도 할 듯 차갑게 빛나던 마교주의 눈빛이 원래대로 돌아왔다.

"담천(潭天)과 매영(枚影)은?"

"아직 대기 중입니다."

여인의 대답에 마교주가 살짝 인상을 찌푸렸다.

"장난질이군."

"그런 것은 아닌 듯합니다. 아무래도 일전의 일로 신중하게 상황을 살피는 것 같습니다. 담천의 성정은 익히 아시지 않습니까?"

그녀의 물음에 마교주가 고개를 끄덕였다.

"매영 홀로 보냈으면 앞뒤 안 가리고 밀어 붙였겠지."

그렇게 중얼거리고는 잠시 무언가 생각하는 듯하더니 마교주가 다시 입을 열었다.

"매영에게 다른 임무를 맡기겠다. 그쪽 일은 담천 혼자서도 충분할 테니. 즉시 서찰 띄우도록."

"알겠습니다."

여인이 대답하며 고개를 숙였다.

*　　　*　　　*

서윤은 부지런히 달렸다.

섬서성으로 들어갔다가 다시 산서성으로 되돌아오는 바람에 마차와의 거리가 제법 벌어진 터라 서윤은 더욱 속도를 높였다.

폭렬단주와 싸움을 벌였던 곳을 지나 꼬박 반나절을 더 달린 서윤이 자리에서 멈춰 섰다.

싸움이 벌어진 흔적을 발견한 까닭이었다.

평소 같았으면 일정이 급해 그냥 지나쳤을지도 모르겠지만 지금은 달랐다.

싸움의 흔적과 함께 깊게 파인 마차의 바퀴 자국이 눈에 들어왔기 때문이었다.

'마차. 설마 허문 영감이 탄 마차는 아니겠지?'

이 길을 지난 마차가 한둘은 아닐 텐데 서윤은 왠지 불길한 예감이 들었다.

'습격이 있었던 모양이다. 누구였을까? 마차는?'

서윤은 바퀴 자국을 따라갔다. 다행히 그 자리를 벗어나 한참을 더 간 듯했다.

'부디 무사해야 할 텐데.'

서윤은 자신의 잘못된 선택 때문에 허문에게 무슨 일이 생기지는 않았을까 하는 생각에 서둘러 바퀴 자국을 따라 달렸다.

서윤이 다시 멈춰 선 것은 사위가 어둑해질 무렵이었다. 멈춰 서서 눈앞의 광경을 바라보는 서윤의 눈동자는 심하게 흔들리고 있었다.

말 그대로 난장판이었다.

주변을 어지럽히고 있는 싸움의 흔적은 그 당시의 치열함을 말해주고 있었고, 산산조각 나 흩어져 있는 마차의 잔해에

서 자신의 불길한 예감이 맞아 떨어졌음을 알 수 있었다.

서윤은 빠르게 시선을 옮기며 마차의 잔해들을 살폈다.

보면 볼수록 자신이 아는 마차와 일치하는 점이 많았다.

털썩.

서윤이 그 자리에서 털썩 무릎을 꿇었다.

무어라 할 말이 없었다. 만약 허문이 잘못된다면 검왕 설백의 치료는 물론이고 위기 상황을 뒤집을 수 있는 계기 자체가 사라지는 것이라 할 수 있었다.

이 모든 것이 자신의 잘못인 것 같아 서윤은 마음이 무거워졌다.

그렇게 자책감에 무릎을 꿇은 채 고개를 숙이고 있던 서윤이 고개를 번쩍 들며 자리에서 일어났다.

그러고는 주변을 빠르게 두리번거렸다.

'기척이다. 설마?'

잠시 주변을 두리번거리던 서윤이 길 옆쪽에 있는 사람 허리춤 정도 오는 수풀 쪽으로 뛰어 들어갔다.

그렇게 얼마를 헤맸을까.

서윤의 눈에 피를 흘린 채 쓰러져 있는 사람 한 명이 들어왔다. 옷차림이나 허리춤에 있는 매듭으로 보아 개방의 거지인 듯했다.

서둘러 그에게 다가간 서윤은 그를 흔들어 깨웠다.

"이보시오! 정신 좀 차려 보시오!"

서윤의 목소리를 들었기 때문일까. 쓰러져 있던 사람이 힘겹게 눈을 떴다.

"습격……. 쿨럭!"

눈을 뜬 개방 거지는 습격이라는 말 한 마디만 남기고는 피를 토한 채 의식을 잃었다.

"이보시오! 이보시오!"

서윤이 다급하게 그를 부르며 깨워 보았지만 감긴 눈은 다시 떠지지 않았다.

"하……."

서윤이 깊게 한숨을 쉬었다.

습격이 있었다는 건 이미 눈으로 보아 알고 있는 사실이었다. 누구의 습격이었는지 그리고 호걸개와 허문은 어떻게 된 것인지 듣지 못해 답답하기만 했다.

'죽은 건 아니겠지.'

서윤은 애써 고개를 흔들며 머릿속에 떠오르는 생각을 털어버리려 했다. 하지만 그럼에도 계속해서 고개를 드는 불안감은 어쩔 수 없었다.

서윤은 잠시 시신의 앞에서 묵념으로 애도를 표하고는 자리에서 일어나 걸었다.

'이 길지 않은 시간에 두 번이나 비슷한 일을…….'

서윤이 속으로 중얼거렸다.

무엇 하나 마음먹은 대로 쉽게 되는 것이 하나도 없다는
사실에 지치는 느낌이었다.

풀숲을 나오던 서윤이 그대로 드러누웠다.

어둑해지던 날은 어느새 한밤중이 되어 깜깜했다. 거기에
구름이 잔뜩 낀 하늘 탓에 별도 달도 찾아볼 수가 없었다.

똑! 똑! 후둑! 후두두둑! 쏴아아!

누워 있는 서윤의 얼굴로 물방울 한두 개가 떨어지더니 이
내 굵은 빗줄기가 되어 쏟아져 내리기 시작했다.

서윤은 한참을 그 자리에 누워 쏟아지는 비를 가만히 맞고
만 있었다.

*　　　　*　　　　*

중원 전체의 혼란은 더욱 심해졌다.

화산의 멸문에 이어 종남으로 지원을 나가던 공동파의 지
원군마저 몰살당했다는 소식이 퍼지자 혼란은 더욱 가중되
었다.

날이 따뜻해지기 시작하면서 다시금 녹림이 움직일 것이라
생각하고 그에 대비한 준비를 하던 정도 무림은 정작 다른 방
식으로 적들의 공격이 시작되자 적지 않게 당황하는 기색이

었다.

껌새라도 있었다면 모르겠지만 전혀 눈치채지 못하도록 은밀하게 움직여 문파 하나를 멸문시켰으니 말 그대로 뜬 눈으로 당한 것이나 다름없는 일이었다.

화산의 일을 계기로 각 문파들은 경계를 더욱 강화했다.

그러면서도 섬서성에서 벌어질 일에 촉각을 곤두세우고 있었는데 어떤 문파도 쉽사리 종남파로 병력을 보낼 생각을 하지 못하고 있었다.

적들의 동선을 예측할 수 있다면 그에 맞는 상황 판단을 하여 가부를 결정할 텐데 지금으로서는 아무것도 파악할 수 있는 것이 없었다.

개방에서 나름 고군분투하며 정보를 끌어 모으고는 있었으나 개방을 통해 얻을 수 있는 정보 역시 한계가 있었다.

이런 상황에서 가장 속이 타는 사람은 무림맹의 맹주 종리혁이었다.

어떻게든 힘을 모으고 의견을 합해 적과 맞서야 할 시기에 규합은 어렵고 사분오열되기만 할 뿐이었다.

무림맹 자체적으로 전투부대 등을 운영하고 있다고는 하나 중원 전역을 전부 감당하기에는 역부족이었다.

그렇다면 구파일방과 오대세가의 협조가 필수적이었는데 정작 그들의 협조가 원활하게 이뤄지지 않고 있었다.

밤늦은 시간, 종리혁은 시원하게 내리고 있는 빗줄기를 바라보며 한숨을 쉬고 있었다.

하늘에서 내리는 비가 자신의 고뇌를 모두 씻어내려 주었으면 하는 바람이 들 정도로 답답한 마음을 어떻게 해결할 길이 없었다.

그간 얼마나 마음고생이 심했는지 얼마 없던 흰머리가 제법 많이 보이고 있었다.

'나약하고 무력하구나. 천 년의 역사를 이어온 중원 무림의 의지와 힘이 고작 이 정도였던가!'

통탄을 금할 길이 없었다.

의와 협을 중요시하고 평화와 번영을 바란다던 명문 정파들은 자신들의 안위만 중요하게 생각하며 그 밑바닥을 드러내고 있었고, 중소 문파들만이 자신들의 목숨을 바쳐 적들과 싸우고 있었다.

무림맹의 맹주로서 차마 낯 뜨거워 얼굴을 들고 있을 수가 없는 현실이었다.

"맹주님."

집무실 밖에서 제갈공의 목소리가 들렸다.

그의 목소리 역시 힘이 없었는데, 종리혁 만큼이나 아니, 종리혁보다 더 마음고생이 심한 사람이었다.

"무슨 일인가."

"황보가주께서 오셨습니다."

제갈공의 말에 종리혁이 의외라는 표정을 지었다. 비가 내리는 이 늦은 밤에 기별도 없이 찾아오다니.

"안으로 들이시오."

종리혁의 말에 집무실 문이 열리고 빗물이 떨어지는 갓을 쓰고 있는 황보진원이 들어섰다.

"아니, 황보가주. 비도 오는데 이 늦은 시간에 어찌 기별도 없이……."

"오랜만입니다."

황보진원이 미소를 지으며 인사했다. 황보수열을 잃고 한동안 세가 내에서 나오지 않고 있던 사람이라고 믿기 어려울 정도로 표정은 밝았다.

"앉으십시오."

종리혁의 말에 황보진원이 갓을 벗고 권한 자리에 앉았다.

"마음고생이 심하셨던 모양입니다."

"황보가주에 비할 바가 있겠습니까. 아드님 일은 안 됐습니다."

종리혁의 말에 황보진원이 미소를 지으며 고개를 저었다. 그러고는 품에서 종이 한 장을 꺼내 종리혁에게 내밀었다.

"이것이 무엇입니까?"

"일단 펼쳐 보십시오."

황보진원의 말에 종이를 펼쳐 읽어 내려가는 종리혁의 눈은 점차 커지고 있었다.

"이, 이게……."

종리혁의 반응에 황보진원이 미소를 짓더니 입을 열었다.

"사천에 있는 당가를 제외하고 오대세가 대부분이 동쪽에 있어 피해는 전무한 상황입니다. 그들을 설득해 전면에 나서도록 결의를 받아내었습니다. 그리고 그 선봉에는 우리 황보세가가 설 것입니다."

황보진원의 말에 종리혁의 표정이 밝아졌다. 구파일방의 피해가 크고 그들의 협조가 요원한 상황에서 오대세가가 전면에 나서준다면 걱정을 한 시름 덜 수 있었다.

"감사합니다. 정말 큰 힘이 됩니다."

"응당 해야 할 일입니다. 진작 나섰어야 하는 일에 이 핑계 저 핑계로 머뭇거렸으니 더 늦기 전에 이제부터라도 온 힘을 쏟을 생각입니다. 더 빨리 찾아오려 했으나 사실 가주들의 의견을 하나로 모으는데 시간이 좀 걸리더이다. 허허."

황보진원의 말에 종리혁은 부끄러움을 느꼈다.

무림맹의 맹주로서 그가 해야 할 일을 황보진원이 대신 해준 것이나 마찬가지이기 때문이었다.

"아닙니다. 늦지 않았습니다. 정말 감사합니다."

연이은 종리혁의 감사에 황보진원이 다시 한 번 미소를 짓더니 입을 열었다.

"사실 그간 아무런 의욕도 없이 허송세월을 보냈었습니다. 그런데 어느 날 누가 저를 찾아왔지요. 그의 이야기를 듣고 다시 의욕을 찾을 수 있었습니다."

"그게 누굽니까?"

"미안합니다. 그 스스로가 정체를 밝히기 전까지는 비밀로 하기로 약조했습니다."

"아……."

종리혁은 아쉬워하면서도 아직까지 정도 무림에 그런 자가 있다는 사실에 감사하고 또 감사하고 있었다.

"그런데 그에게서 충격적인 이야기를 들었습니다."

"충격적인 이야기라니?"

진지해진 황보진원의 표정과 목소리에 종리혁도 덩달아 긴장하며 물었다.

"정도 무림에 배신자들이 있다는 이야기였습니다."

"배신자라니!"

종리혁의 목소리가 커지자 황보진원이 서둘러 입가에 검지를 가져다 대고는 힐끗 주변을 살폈다.

그러고는 전음으로 이야기하기 시작했다.

[각 문파와 세가에 배신자들이 있다는 이야기였습니다. 어느 정도 명단은 확보한 듯했고 증거를 모으고 있다고 하더군요. 그가 다녀간 후로 세가 내의 사람들을 유심히 관찰해 봤는데 실제로 있었습니다. 사실 의결이 늦어진 것도 각 가주들에게 이 사실을 전하고 배신자들을 쳐내는 작업 때문이었습니다.]

황보진원의 전음은 그야말로 충격적이었다.

배신자라니. 한 번도 그런 생각을 해본 적이 없었다.

눈과 귀가 멀어 버린 것 같이 답답한 현 상황은 그저 적들이 은밀하고 치밀하게 준비를 잘 했기 때문이라고 생각했다.

그런데 황보진원의 말처럼 실제로 배신자가 있다면?

그렇다면 지금까지의 일이 어느 정도 설명이 되었다.

[구파의 협조가 원활하지 않은 것은 각 문파 내에 있는 배신자들의 힘일 공산이 큽니다. 화산의 일도 마찬가지입니다. 그렇지 않고서야 화산이 그렇게 갑작스럽게 멸문지화를 당할 리가 있겠습니까?]

황보진원의 말은 충분히 설득력이 있었다. 종리혁은 뒤통수를 맞은 것 같은 강한 충격에 말을 잇지 못하고 있었다.

[무림맹 내에는 잘 모르겠습니다, 그가 가지고 있다는 명단을 확인한 것은 아니기에. 하지만 자세히 조사해 보는 것도 나쁘지는 않은 듯합니다.]

[도대체 그자가 누굽니까? 그런 명단이 있다면 진작 우리에게 전달해야 하는 게 맞는 것 아닙니까?]

[그의 말로는 아직까지는 때가 아니라고 했습니다. 하지만 적어도 한 가지는 확실합니다. 그는 이 세상 누구보다 믿을 수 있는 사람이라는 점입니다.]

확신에 찬 황보진원의 말에 종리혁은 고개를 끄덕일 수밖에 없었다. 그의 정체가 궁금했지만 지금은 참는 것밖에 도리가 없었다.

"감사합니다."

종리혁이 황보진원의 손을 잡으며 다시 한 번 감사의 말을 전했다. 그에 황보진원은 그의 손을 힘주어 맞잡으며 고개를 끄덕였다.

*　　　*　　　*

한참 동안 비를 맞고 누워 있던 서윤은 힘겹게 몸을 일으켰

다. 비에 젖은 옷 때문에 움직이는 것이 불편했지만 그런 것에
신경 쓰지 않고 터벅터벅 걸었다.

그렇게 얼마를 걸었을까.

서서히 어둠이 걷히고 밝아지기 시작할 무렵부터 빗줄기가
점차 약해지기 시작했고 날이 밝아 가까운 마을에 도착할 무
렵에는 완전히 그쳤다.

서윤이 마을에 도착한 것은 묘시 말에 가까운 비교적 이른
시간이었으나 그 시간부터 부지런히 움직이는 사람들이 있었
다.

마을 사람들은 비에 흠뻑 젖은 모습을 한 서윤이 나타나자
잔뜩 경계하는 시선으로 그를 쳐다보았다.

그런 시선을 느낀 서윤은 어색한 표정으로 마을을 훑었다.
워낙 규모가 작은 마을이라 객점 같은 것은 없어 보였다.

그래도 혹시 모르는 일인지라 서윤은 마을 사람 한 명을
붙잡고 물어 보기로 했다.

"저기, 말 좀 묻겠습니다."

서윤을 못 본 척하며 일 나갈 준비를 하던 촌부(村夫)는 서
윤의 갑작스런 질문에 깜짝 놀라며 뒷걸음질 쳤다.

"아, 걱정 마십시오. 나쁜 사람은 아닙니다. 그냥 이 마을에
객점 같은 것이 있는지 궁금하여 그렇습니다."

서윤의 부드러운 말투에 촌부는 위아래로 그를 잠시 훑어

보더니 조심스럽게 입을 열었다.

"이런 작은 마을에 객점이 어디 있겠소?"

"그렇습니까? 후… 그럼 혹시 잠시 쉴 수 있는 곳이라도 있겠습니까? 보시다시피 길을 가는 길에 갑자기 비가 쏟아져 옷이 홀딱 젖었습니다. 옷도 좀 말릴 겸 한 시진 정도 쉬었다 갈 수 있으면 됩니다."

서윤의 말투와 표정 등에서 나쁜 의도가 없다는 것을 느꼈는지 촌부도 조금 경계심을 누그러뜨린 듯 대답했다.

"이런 마을에 돈 주고 쉴 수 있는 그런 곳은 없소. 창고처럼 쓰는 작은 방이 있는데 그런 곳도 괜찮으시오?"

"괜찮습니다."

"따라오시오."

그렇게 말한 촌부가 몸을 돌려 집 쪽으로 걸어 갔다. 서윤은 다행이라 생각하며 촌부의 뒤를 따라 집으로 향했다.

촌부의 말처럼 방은 작았다.

아니, 방이 작은 것이 아니라 워낙 이런저런 잡동사니를 많이 넣어두어 정작 앉아서 쉴 수 있는 공간은 그리 넓지 않았다.

하지만 서윤은 '그래도 이게 어디냐'며 옷을 걸 수 있는 곳을 찾아 젖은 옷을 걸어두었다.

적당히 평평한 곳에 등을 기대고 앉은 서윤은 가만히 지난

며칠을 되돌아보았다.

짧은 시간에 세 사람을 잃은 서윤은 작게 한숨을 쉬었다.

아직 생사를 확인한 것은 아니지만 적들과의 싸움에서 목숨을 부지하기란 쉬운 일이 아니었다.

자신에게는 천운이 따랐지만 그런 운이 모든 사람에게 매번 이어질 리가 없었다.

'정녕 종조부님을 치료할 수 있는 방법이 없단 말인가?'

서윤은 도리질을 쳤다. 분명 어떤 방법이 있으리라, 자신이 살아난 것처럼.

그렇게 생각한 서윤은 자세를 바로하고 운기에 들어갔다.

*   *   *

섬서성의 불안정한 정세는 대륙상단에게도 직간접적인 여파를 미치고 있었다.

화산파의 멸문이 결정적이었다.

아직 종남파가 남아 있긴 하지만 화산파에 비해 무게감이 떨어지는 것은 사실이고, 어느 정도 안정이 보장되었던 과거와 달리 지금은 위험하기 그지없는 현실에 대륙상단에 들어오던 거래들도 점차 끊겨갔다.

그나마 다행인 점은 대륙상단이 국가에서 지정한 몇몇 품목을 취급하는 상단이라는 점이었다.

그것 덕분에 수입이 완전히 끊기는 일은 없어 겨우겨우 상단 살림을 유지해 나가고 있었다.

설궁도와 설시연은 설군우의 집무실에 모여 있었다.

상단의 분위기처럼 세 사람의 분위기도 밝지만은 않았다. 악재들이 연이어 겹치는 것 같아 많이 지쳐 보였다.

세 사람 중 누구도 입을 열지 않았다.

끝 모를 침묵이 지금 이 공간의 분위기를 더욱 무겁게 만드는 것 같았다.

"후… 어떻게 말을 해야 할지 모르겠구나."

설군우가 긴 침묵을 깨고 답답하다는 듯 입을 열었다.

"상단 일 때문이라면 너무 걱정하지 마세요. 어려운 건 곧 지나갈 겁니다."

설궁도가 설군우를 위로하듯 말했다. 그에 옅은 미소를 지어보인 설군우가 다시 입을 열었다.

"상단 일은 어떻게든 되겠지. 버티는 게 이기는 거니까. 대륙상단의 저력은 결코 약하지 않으니. 하지만 지금 하려는 얘기는 그것이 아니다."

설군우의 말에 설궁도와 설시연이 그를 바라보았다.

"이곳으로 오시던 허문 영감이 실종되셨다."

"예?"

설군우의 말에 설궁도와 설시연이 깜짝 놀랐다. 특히나 설백이 깨어나길 누구보다 간절히 바라던 설시연은 더 크게 놀랐다.

"개방 호걸개 장로와 함께 오시던 중 습격을 받은 모양이다. 호걸개 장로는 물론이고 허문 영감도 생사가 불분명한 상황이라는구나."

"어떻게 그런⋯⋯."

설시연은 말을 잇지 못했다. 이제는 실종이라는 단어만 들어도 가슴이 철렁했다.

실종된 서윤의 행방도 아직 찾지 못하고 있는 상황에서 할아버지를 치료하기 위해 오던 허문 역시 실종이라니.

이대로 할아버지의 목소리를 영영 듣지 못하는 건 아닌지 걱정되기 시작했다.

"호걸개 장로도 함께 행방불명 상태라 개방에서도 적극 나서는 모양이니 일단 기다려 보자꾸나. 부디 아무 일 없어야 할 텐데⋯⋯."

설군우가 말끝을 흐렸다. 서윤이 실종되었다는 이야기를 들었을 때에는 힘주어 살아 있을 것이라고, 희망을 놓지 말자고 했던 그였다.

하지만 연이은 악재와 힘겨운 시간 속에 당차고 긍정적이던 설군우도 조금씩 부정적으로 변할 수밖에 없었다.

세 사람이 모여 있는 집무실의 분위기는 곧 상단의 분위기였고, 상단의 분위기는 작금의 섬서성 분위기를 대변하고 있었다.

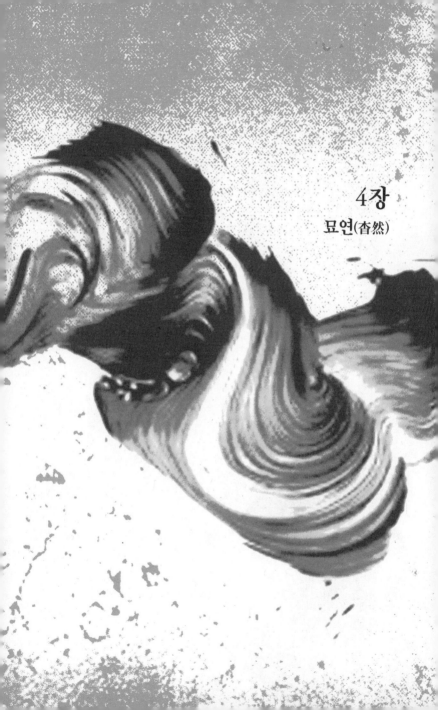

4장
묘연(杳然)

風神 徐闈

풍신서윤

촌부의 집에서 신세를 진 서윤은 곧장 마을을 벗어났다.

일단 마을을 떠난 서윤은 대륙상단으로 가지는 않을 생각이었다.

봉황곡 살수들의 연락을 기다렸다가 서시의 행방은 물론이고 호걸개와 허문의 행방도 수소문해 볼 생각이었다.

대륙상단은 허문의 행방이 어느 정도 확실해진 후에야 찾아갈 계획이었다.

봉황곡 살수들이 마음먹으면 자신이 어디에 있든 찾아내겠지만 그래도 쉽게 찾을 수 있는 곳에 있는 편이 낫겠다 싶은 생각에 좀 더 큰 현의 객점으로 가 있을 생각이었다.

생각 끝에 서윤은 서안(西安)으로 방향을 잡았다.

자칫 대륙상단 사람들의 눈에 띌 수도 있겠으나 대륙상단의 상황을 살피는 데에도 용이하고 그 외 섬서성의 현 상황을 파악하기에는 서안만큼 좋은 곳이 없다는 판단에서였다.

목적지를 정한 서윤은 속도를 높였다.

서윤이 서안에 들어선 것은 한밤중이 다 되어서였다.

혹시 모를 일에 대비해 사람들의 이목을 피하고자 일부러 늦은 시간에 서안으로 들어섰다.

갓을 눌러쓴 서윤은 알맞은 객점을 찾기 위해 서안 시내를 돌아다녔다.

한밤중이라 그런지 시내 구석의 홍등가와 주막을 제외하고는 한산했다. 다들 객점에 들어가 있기 때문이라 생각한 서윤은 방을 구하기 어려울 수 있다는 각오를 하며 눈에 보이는 객점에 들어섰다.

식사 시간이 한참 지난 까닭에 일층의 식당에는 사람들이 거의 없었다. 삼삼오오 모여 술잔을 기울이는 사람들 몇 명만 보일 뿐이었다.

서윤이 객점 안으로 들어서고 얼마 지나지 않아 꾸벅꾸벅 졸던 점소이가 서둘러 그에게 다가왔다.

"어서 오세요. 주무시고 가실 건가요?"

"며칠 지낼 생각인데."

"하루에 은자 한 냥입니다. 첫날 치는 선불이고 이튿날부터는 나가실 때 한꺼번에 계산하시면 돼요. 하루 세 끼 제공이고 안 드신다고 해서 그만큼 빼드리진 않아요."

"알았다."

서윤은 지니고 있던 짐을 뒤져 전낭을 꺼냈다. 돈도 없이 북경까지 어떻게 갈 생각이었냐고 잔소리를 하던 서시가 혹시 모르니 지니고 있으라며 주었던 전낭이었다.

이런 상황이 되고 보니 그때 자신에게 전낭을 건네던 그녀가 새삼 고마웠다.

서윤은 전낭 안에서 은자 한 냥을 꺼내 점소이의 손에 쥐어 주었다.

예상과 달리 처음 선택한 객점에서 바로 방을 구하자 운이 좋다는 생각을 하며 점소이의 뒤를 따라 방으로 향했다.

삼 층에 있는 방을 얻은 서윤은 쓰고 있던 갓을 벗고는 침상에 드러누웠다.

당분간은 이곳 객점에서 두문불출하며 지낼 생각이었다.

운기도 하고 며칠 간 제대로 파고들지 못했던 무공에 대해서도 생각하는 시간을 가질 생각이었다.

서시나 호걸개, 허문과 관련된 일은 지금 당장 자신이 할 수 있는 일이 없기에 일단은 조급한 마음을 버리고 최대한 마음 편히 있을 생각이었다.

'서안이구나. 숙부님은 잘 계시겠지?'

침상에 누워 천장을 바라보며 생각했다. 대륙상단까지는 멀지 않은 거리. 마음만 먹으면 갈 수 있는 곳이었으나 조금 더 참기로 했다.

'그들이 빨리 와야 할 텐데……'

그런 생각을 하던 서윤은 어느새 잠에 빠져들었다.

다음 날.

해가 뜨고 한참이 지난 후에야 일어난 서윤은 창문을 열고 밖을 내다보았다.

서안 시내 거리가 한눈에 보였는데 생각보다 사람이 많지 않아 깜짝 놀랐다.

물론 지척에 있는 화산파가 화를 입었고 섬서성 전체가 위화감에 휩싸여 있다고는 하나 서안 시내가 이 정도로 한산할 것이라는 생각은 못 했던 까닭이었다.

물론, 그렇다 하더라도 다른 곳보다는 왕래하는 사람들의 숫자가 많은 것은 당연했다.

'위기는 위기인 모양이군.'

속으로 그렇게 중얼거린 서윤은 뱃속에서 느껴지는 허기에 시간을 확인하고는 점심 식사를 위해 일 층으로 내려갔다.

일 층 식당에 도착한 서윤은 방을 쉽게 구한 것은 운이 좋아서가 아니라 그만큼 서안을 찾는 사람들의 숫자가 줄었기 때문이라는 것을 다시 한 번 실감할 수 있었다.

그만큼 식당도 한산했는데 일부러 그나마 사람들이 좀 있는 쪽에서도 가장 구석진 곳에 자리를 잡고 앉았다.

그러자 점소이가 다가와 서윤에게 물었다.

"투숙객에게 제공되는 식사는 세 종류입니다. 하나는……."

"그냥 제일 빨리 되는 거로 가져다줘."

"네."

서윤의 말에 꾸벅 인사하며 대답한 점소이가 주방에 가서 음식 주문을 넣었다. 그것을 본 서윤은 주변에 있는 사람들을 훑어보았다.

평범한 사람들. 그리고 모두가 하나 같이 밝은 표정은 아니었다.

'무림인들뿐만 아니라 일반 사람들도 많이 힘든 모양이구나. 이 정도면 대륙상단도 많이 힘들겠어.'

그렇게 중얼거리는 사이, 점소이가 소면과 만두 몇 개를 가져왔다.

"이게 제일 빨리 되는 거예요."

"고맙구나."

인사한 서윤이 미리 방에서 챙겨온 동전 몇 푼을 점소이의 손에 쥐어 주었다. 그에 표정이 밝아진 점소이가 몇 차례 꾸벅 인사를 하고는 물러갔다.

서윤은 곧바로 식사를 시작했다.

자주 먹어본 음식이지만 오랜만에 제대로 된 음식을 먹게 된 까닭에 굉장히 맛있었다.

맛을 음미하며 식사를 하고 있을 때, 서윤의 귀에 다른 식탁에서 나누는 대화가 들려왔다.

화산파라는 단어가 들리지 않았다면 못 듣고 그냥 지나쳤을지도 모를 정도로 작은 목소리였다.

"그래서 화산파는 이제 가망이 없는 건가?"

"그렇겠지. 살아남은 사람 없이 싹 다 죽었다던데."

"아니, 어떻게 화산파가 하루아침에 그렇게 될 수가 있지? 정파 쪽에서도 다섯 손가락 안에 들어가는 곳이?"

"다섯 손가락이라니. 세 손가락 안에 들어가지. 아무튼 적들이 기습을 했던 모양이야. 손 쓸 새도 없이 당했다더구만."

"아니, 아무리 그래도. 그럼 화산파를 그리 만든 사람들은 얼마나 강하다는 거야?"

"낸들 아나. 화산파가 얼마나 강한지도 제대로 모르는데 적들이 얼마나 강한지는 또 어떻게 알겠어. 우리 같은 사람들은 그냥 조용히 납작 엎드려서 지내는 게 최고야."

"그렇긴 하지. 요즘은 밖에 나다니기도 무서우니……."

그 이후의 대화는 계속해서 들렸다가 안 들렸다가가 반복되었다. 하지만 종합적으로 화산파가 멸문을 당했고 분위기가 심상치 않다는 이야기였다.

'당분간은 이렇게 정보를 좀 모아야겠어. 대륙상단에 대해 이야기하는 사람은 없으려나.'

그렇게 속으로 중얼거린 서윤은 계속해서 식사에 매진했다. 중간중간 다른 이야기가 들릴까 싶어 귀를 기울여 보았지만 별다른 정보를 얻을 수는 없었다.

식사를 마친 서윤은 잠시 그곳에 앉아 사람들의 이야기를 들어 보다가 이내 자신의 방으로 돌아갔다.

그 후로 서윤의 일과 중 하나가 식사 시간 때마다 식당에 앉아 사람들의 이야기를 듣는 것이었다.

대부분이 신경 쓸 필요 없는 그네들 사는 이야기였지만 그래도 필요한 정보를 조금은 얻을 수 있었다.

'대륙상단의 상황이 좋지 못하단 말이지.'

방에 돌아와 들었던 이야기들을 떠올리던 서윤은 마음이 답답해지는 것을 느꼈다.

자신이 할 수 있는 것은 아무것도 없었지만 설군우와 설궁도, 설시연 등의 힘든 마음에 자신도 일조하고 있는 것 같아 마음이 불편했다.

그냥 가서 자신이 살아 있다고 밝히는 건 어떨까하는 생각
도 들었지만 호걸개와 허문의 행방에 대한 단서를 찾은 후에
찾아가기로 하고 마음을 다잡았다.

그렇게 서윤이 객점에 머문 지 닷새째 되는 날.

봉황곡 살수 한 명이 서윤을 찾아왔다.

굉장히 사나운 표정을 지은 채로.

서윤은 방문을 걸어 잠그고는 살수와 마주보고 앉았다.

복면으로 얼굴을 가려 유일하게 드러나 있는 봉황곡 살수
의 두 눈에는 살기가 가득 담겨 있었다.

서윤과 함께 다니다가 곡주가 행방불명이 되었으니 그 원한
을 갖는 것은 당연한 것이었다.

"어떻게 된 일인지 사소한 것 하나까지 다 얘기하시오."

살수가 낮게 으르렁거리듯 말했다.

당장에라도 서윤에게 검을 들이대고 싶은 것을 억지로 참
고 있다는 게 말투에서부터 느껴졌다.

"살문 살수들의 습격이 있었소."

"살문?"

살수의 눈썹이 꿈틀거렸다.

"그놈들… 우리한테 안 좋은 감정이 있긴 하지. 어쨌든, 살

문의 습격에서 당신만 도망쳐 나왔단 말인가?"

살수의 질문이 서윤의 가슴을 후벼 팠다. 어쩔 수 없는 상
황이었다지만 결과적으로 자신이 그녀를 버리고 도망쳐 온 것
이나 다름이 없었다.

"할 말이 없소."

"할 말이 없다? 그럼 이 자리에서 죽어도 되겠군."

살수가 순식간에 단도를 꺼내들어 서윤의 목 언저리에 가
져다 댔다. 충분히 피하고 막을 수 있었으나 서윤은 가만히
있었다.

"죽일 때 죽이더라도 한 가지 확인은 해봐야겠소."

"무엇인가."

"다시 그곳에 갔을 때에는 싸움의 흔적만 있었을 뿐 시신
은 하나도 보지 못했소. 그나마 있는 흔적에서도 내가 알아낼
수 있는 건 아무것도 없었지. 싸움의 결과가 어떻게 됐는지
죽었는지 살았는지 아무것도 모른단 말이오. 직접 가서 확인
해 보겠소?"

그 말에 살수는 서윤의 목에 검을 댄 채 잠시 그를 노려보
았다.

서윤은 그의 시선을 피하지 않았다.

잠시 동안 마주보고 있다가 다시 입을 열었다.

"죽지 않았다고 믿고 있지만 확실하게 확인해 결과를 봐야

겠소. 살수들의 흔적이니 나보다는 당신들이 확인하는 게 더 낫지 않겠소?"

"이곳에 꼼짝 말고 있도록."

그렇게 말한 살수가 서윤의 방에서 홀연히 사라졌다. 서윤은 앉은 자리에서 무언가를 생각하는 듯 가만히 눈을 감았다.

봉황곡 살수가 다시 돌아온 것은 그로부터 나흘이 지난 뒤였다.

다시 서윤을 찾아와 그와 마주한 살수의 눈동자에는 복잡한 감정이 피어올라 있었다.

"어떻게 됐소?"

"흔적이 많이 남아 있진 않더군. 흔적 찾고 분석하느라 애를 좀 먹었소."

그렇게 말한 살수가 잠시 숨을 고르더니 말을 이었다.

"일단 상대적으로 곡주가 살아 있을 가능성이 더 높은 것 같소."

"그렇소?"

살아 있을 가능성이 좀 더 높은 것 같다는 말에 서윤의 표정도 조금은 밝아졌다.

"일단 흔적으로 봤을 때에는 그렇소. 죽인 것 같지는 않고 어디론가 데려간 것 같은데 그것까지는 모르겠고."

"흠……."

서윤이 잠시 무언가를 생각하더니 입을 열었다.

"만약 어디론가 데려갔다면 살문으로 데려갔거나 마교와 관련된 어딘가로 데려갔을지도 모르오."

"그건 가능성이 낮소. 곡주는 마교와 직접적인 연관이 없소."

"폭렬단주의 사주를 받고 나를 찾고 잡아두기까지 했었으니 아예 없다고는 할 수 없지 않소. 마교의 입장에선 그녀와 내가 한동안 함께 움직였으니 뭐 하나라도 알아내려 할 수도 있고."

서윤의 말에 살수가 고개를 저었다.

"그럴 수는 없을 것이오. 살수들은 절대 입을 쉽게 열지 않소. 열어야 할 상황이 오면 차라리 죽겠지."

"어쨌든 살문과 마교. 이 두 곳이 가장 유력하다고 보면 될 것 같소."

서윤의 말에 살수도 고개를 끄덕였다.

"곡주를 찾을 것이오?"

"당연히. 일단 어디로 갔는지라도 찾아야 다음 일을 생각할 수 있을 테니."

"미안하오."

서윤의 사과에 살수가 낮은 목소리로 말했다.

"미안하거든 곡주를 찾는 거라도 도와주시던가."

그의 제안에 서윤은 고개를 저었다.

"지금은 그럴 수가 없소. 한 가지 부탁을 더 해도 되겠소?"

"뭐? 부탁?"

살수가 어이없다는 듯 서윤을 바라보았다. 이런 상황에서 부탁까지 하다니. 어디서 나오는 뻔뻔함이란 말인가.

"이것도 미안하오. 하지만 곡주를 찾는 것만큼이나 중요한 일이오."

"하……."

살수가 짜증 섞인 한숨을 쉬었다.

"일단 말이나 들어 봅시다."

"봉황곡주가 뒤를 맡아주고 먼저 가던 중 폭렬단주를 만났소. 그를 상대하느라 호걸개와 허문 영감을 먼저 보냈는데 습격을 당한 모양이오. 두 사람도 현재 실종 상태요."

"그들의 행방도 찾아 달라?"

"그렇소."

서윤의 부탁에 살수가 다시 한 번 한숨을 쉬더니 입을 열었다.

"아는지 모르겠지만 현재 가용 인원이 많지 않소. 그 자리에서 곡주는 살았을지 몰라도 다른 살수들은 모두 죽었소.

남아 있는 인원은 고작 열 명 남짓. 이 인원으로 곡주 한 명 찾는 것도 힘겨운 일이오."

서윤의 표정이 어두워졌다. 힘든 일이라는 건 알고 있지만 그래도 서윤이 비빌 언덕은 이들 밖에 없었다.

"부탁하오."

간절함이 묻어나는 서윤의 부탁에 살수의 눈동자가 흔들렸다. 호걸개는 몰라도 허문을 찾아 검왕을 치료해야만 지금 상황을 반전 시킬 수 있다는 건 그도 잘 알고 있는 사실이었다.

하지만 엄밀히 따지면 자신들은 현 무림의 상황보다 곡주의 생사가 더욱 중요했다.

게다가 언제 어떻게 죽을지도 모를 상황이니 시간을 지체할 수도 없었다.

그의 고민이 깊어졌고 결정을 내리기까지 시간이 제법 걸렸다. 결론을 내린 살수가 자리에서 일어났다.

그러고는 그의 방에서 사라지며 서윤에게 한 마디 전음을 날렸다.

[큰 기대는 하지 마시오.]

찾아는 보겠다는 뜻이었다. 일단은 그것만으로도 되었다며 서윤은 안도의 한숨을 내쉬었다.

시간은 정처 없이 흘렀다.

그간 급박한 다른 상황들에 신경을 쓰느라 느끼지 못하고 있었지만 아침저녁의 쌀쌀함도 이제는 거의 느낄 수 없었다.

서윤은 객점 밖으로 거의 나가지 않았다.

대부분의 시간을 방에서 보냈고 식사 때에만 일 층으로 내려가 식사를 하고 사람들의 이야기를 들을 뿐이었다.

식사를 하러 일 층에 내려갈 때에는 혹시나 아는 사람을 만날지도 모른다는 생각에 항상 갓을 착용했다.

인피면구 같은 것이 있으면 좋겠지만 구할 수가 없는 상황이니 갓이라도 꼭 챙겨 써야만 했다.

가볍게 점심 식사를 한 서윤은 차를 한 잔 마시며 사람들의 대화를 듣고 있었다.

'개방에서도 나름 조사를 하는 모양이군. 하지만 모든 걸 다 밝혀내진 않겠지. 호걸개와 허문의 행방을 찾아도 못 찾았다고 할 것이다.'

사람들의 이야기를 들으며 서윤은 나름대로 현 상황을 파악하고 있었다.

'개방에서는 온 힘을 다해 호걸개와 허문을 찾을 것이다. 그리고 여차하면 죽이겠지. 그래야 마음이 편할 테니. 개방보다 먼저 찾아야 해.'

상황이 이러하다 보니 서윤은 조급한 마음이 들었다. 자신이 할 수 있는 것이 없다 보니 더욱 그랬다. 지금으로서는 봉황곡 살수들이 한시라도 빨리 행방을 찾기를 기다릴 수밖에 없었다.

'하… 답답하구나.'

서윤은 답답함에 작은 한숨을 내쉬고는 자리에서 일어났다. 그리고 그 순간 객점 안으로 들어서는 사람들의 얼굴을 보고는 황급히 다시 자리에 앉은 후 고개를 돌렸다.

'여기는 왜?'

객점 안으로 들어선 사람은 설궁도와 설시연이었다. 설마 이런 곳에서 마주칠 것이라는 생각은 한 번도 한 적이 없었기에 깜짝 놀란 것이다.

'갓이라도 쓰고 있으니 다행이지. 아니었으면 큰일 날 뻔했다.'

그렇게 중얼거린 서윤은 놀란 마음을 진정시키고는 슬쩍 고개를 돌려 두 사람을 바라보았다.

객점 주인과 이런저런 이야기를 나누는 두 사람의 모습은 생각보다 나쁘지 않았다. 여러 가지 일로 마음고생이 심할 텐데도 잘 이겨내는 것 같아 보여 조금은 마음이 놓이는 서윤이었다.

'다행이구나. 조금만 기다리시오, 누이. 곧 찾아 가리다.'

그렇게 중얼거린 서윤은 다른 식탁에서 식사를 마친 사람들이 일어설 때 함께 자리에서 일어났다.

'아뿔싸!'

그들에게 묻혀 위층으로 올라갈 생각이었던 서윤은 그들이 곧장 객점 밖으로 향하자 움찔했다.

객점의 문 바로 앞에 있는 계산대에서 두 사람이 객점 주인과 이런저런 이야기를 나누고 있었기 때문이었다.

이대로라면 그들 곁을 지나가야만 했다.

'자연스럽게, 자연스럽게.'

서윤은 조금 더 갓을 깊게 눌러쓰고는 사람들과 함께 객점 문 쪽으로 발걸음을 옮겼다.

조금씩 두 사람과 거리가 가까워질 때마다 서윤의 심장은 더욱 빠르게 뛰었다.

마침내 서윤이 두 사람의 곁을 지나쳤다. 서윤은 일부러 그쪽에 시선을 두지 않고 정면에서도 살짝 아래를 쳐다보며 객점을 나섰다.

'음?'

설시연은 무언가 이상한 느낌에 방금 전 나간 사람들을 슬쩍 쳐다보았다.

"왜 그러느냐?"

"아니에요. 아무것도."

연유를 묻는 설궁도에게 웃으며 대답한 설시연은 다시 한 번 사람들 쪽으로 시선을 돌렸다.

왠지 모를 익숙함에 고개를 돌렸지만 이미 방금 전 그 사람들은 인파에 섞여 사라지고 없었다.

'아니겠지. 살아 있다면, 이곳 서안에 있다면 제일 먼저 찾아 왔을 사람이니까.'

설시연은 고개를 저으며 생각을 지웠다. 그러고는 주인장과의 대화를 마무리하고 설궁도와 함께 객점을 나섰다.

서윤은 객점 밖으로 나와 인파에 섞여 가까운 골목으로 들어갔다.

객점 쪽에서는 골목이 잘 보이지 않지만 서윤이 서 있는 곳에서는 객점의 입구가 훤히 보였다.

"휴……."

설시연이 자꾸 객점 밖을 두리번거리는 통에 살짝 긴장했지만 자신을 알아보지 못한 것 같자 서윤은 안도의 한숨을 내쉬었다.

그렇게 잠시 보고 있는데 설궁도와 설시연이 객점에서 나오자 서윤은 황급히 벽에 바짝 붙었다.

그러고는 그대로 바닥에 주저앉아 하늘을 올려다보았다.

구름이 많지 않아 파란 하늘이 고스란히 보이는 맑은 날이었다.

"어쩌다 이렇게 됐는지……."

서윤이 그렇게 중얼거렸다.

어린 시절 부모님과 함께 지낼 때에는 어린 나이에 막연히 무림을 동경했었다.

그때까지만 해도 자신이 무림에 몸담고 이런 일들을 겪을 것이라 상상도 못 했다.

아니, 부모님을 잃고 신도장천을 만나 무공을 익히던 그 시절에도 무공을 익히는 즐거움만 있었지 이런 고난은 조금도 생각지 않았었다.

하지만 신도장천의 죽음은 자신의 삶 전체를 바꿔놓는 계기가 되었다.

'이렇게 골목에 처량하게 쭈그려 앉아 있는 신세라니.'

그렇게 생각하며 서윤은 작게 한숨을 쉬었다. 그렇게 잠시 앉아 있던 서윤은 자리에서 일어나 엉덩이에 묻은 흙을 털어내고는 조심스레 다시 객점으로 향했다.

봉황곡 살수가 다시 찾아온 날은 서윤에게 호걸개와 허문의 행방도 찾아달라는 부탁을 받은 지 엿새가 지난 후였다.

복면으로 얼굴을 가리고 있었지만 드러난 눈만 보아도 피곤해하는 것이 확 느껴졌다. 그간 얼마나 고생을 했는지 잘 알 수 있는 대목이었다.

"어떻게 됐소?"

서윤의 물음에 살수가 갑갑했는지 복면을 벗었다. 처음 보는 맨얼굴. 생각보다 젊어 보이고 미남형이라 서윤은 살짝 놀랐다.

"우선 결론적으로 말을 하자면… 곡주는 살문 놈들이 끌고 간 것이 아닌 것 같소."

"그렇다는 얘기는……."

"아직 누가 데려갔는지는 모르겠소. 좀 더 찾아봐야 알겠지만 당신이 말한 것처럼 마교 쪽일 가능성도 염두에 두고 있소."

"후……."

마교 쪽에 끌려간 것이라면 어떤 위험한 상황이 닥칠지 모를 일이었다. 검왕 설백도 마교에 붙잡혀 갔다가 아직까지 깨어나지 못하고 있지 않은가.

"그리고 호걸개와 허문의 행방은 못 찾았소. 누가 데려간 것 같지도 않고 그렇다고 죽은 것 같지도 않은데 마치 물이 증발하듯 사라져 버렸소."

"어떻게 그런……."

서윤은 믿을 수 없다는 듯 중얼거렸다. 믿을 수 없는 건 맞은편에 앉아 있는 살수 역시 마찬가지였다.

"하… 어쩐다."

서윤의 중얼거림에 살수가 입을 열었다.

"우린 위치가 확실한 사람을 찾아 살인을 하는 사람들이오. 그러니 불확실한 정보를 얻으려면 우리보다 전문인 사람들을 찾아가는 게 좋을 것이오."

"전문인 사람들? 하지만 개방은 믿을 수 없는 곳이오. 지금 내 처지가 개방을 찾아갈 수 있는 것도 아니고."

"중원에 정보 조직이 개방만 있는 건 아니오."

"개방만 있는 게 아니다?"

서윤의 말에 살수가 고개를 끄덕이고는 대답했다.

"하오문."

"하오문?"

"그렇소. 개방과 필적하는 인력을 바탕으로 각종 정보를 모으고 필요한 이에게 전달하는 사람들이지."

"하오문이라… 그들은 어디에 가면 만날 수 있소?"

"하오문의 거점은 중원 각지에 흩어져 있소. 서안 정도 되는 곳이라면 한두 개의 거점은 있겠지. 드러내놓고 활동하지 않는 자들이니 찾아야 하오."

"찾을 수 있겠소?"

"마음만 먹으면."

살수의 말에 서윤이 고개를 끄덕였다.

"찾아주시오. 내가 직접 찾아가 정보를 얻겠소. 당신은 곡주를 찾는 데에 집중해 주시오."

"그러겠소. 저녁때 다시 오리다."

그렇게 말한 살수가 서윤의 방을 나섰다.

"하오문, 하오문이라… 그런 곳이 있었다니."

무림맹에 들어가고 많은 사람을 만나 무림에 대해 이것저것 많이 듣고 경험도 했다고 생각했는데 하오문에 대해서는 들어본 적이 없는 서윤이었다.

"아직 배워야 할 게 많군."

그렇게 중얼거린 서윤이 다시 한 번 습관적으로 한숨을 쉬었다.

일 층에서 저녁을 먹고 방으로 돌아오니 봉황곡 살수가 와 있었다. 그에게서 하오문 거점의 위치를 들은 서윤은 난감한 표정을 지었다.

'히필 그런 곳이 거점이라니.'

"알겠소. 내가 직접 찾아가 보겠소."

"괜찮겠소?"

"어쩌겠소. 그래도 찾아가야지."

"알겠소. 다음에 다시 오겠소."

그렇게 말한 살수가 서윤의 방을 나섰다. 그에 깊은 한숨을
내쉰 서윤은 침상에 그대로 드러누웠다.

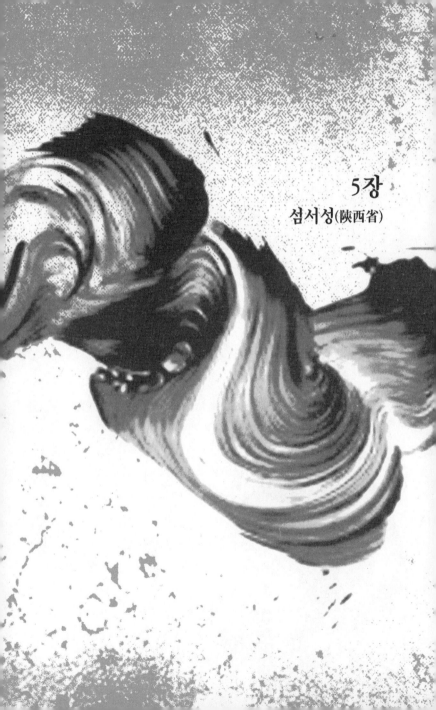

5장
섬서성(陝西省)

風神徐閏
풍신서윤

서윤은 깊은 한숨을 쉬었다.

들어가야 하는데 차마 발걸음이 떨어지지 않았다. 조금 떨어진 곳에 서서는 계속해서 머뭇거리고 있었다.

'하필 홍루라니!'

서윤의 눈앞에는 홍등을 밝힌 건물과 옷을 입은 건지 아니면 나신에 천만 살짝 걸친 건지 모를 여인들이 연신 찾아오는 손님들을 비음 섞인 웃음으로 맞이하고 있었다.

'가자. 들어가자. 난 하오문을 찾아온 거다. 하오문을.'

그렇게 자기 최면을 걸 듯 속으로 중얼거린 서윤이 크게 심호흡을 한 번 하고는 홍루로 걸어갔다.

서윤이 다가오자 헐벗은 기녀 몇 명이 서윤에게 달라붙었다.

"어머~ 이렇게 젊은 손님이라니."

"얼굴도 잘생겼다~ 몸도 좋고. 제가 모실게요. 이리 와요."

"이 언니가 모시고 들어갈 거니까 넌 좀 빠져!"

기녀 둘이 서윤의 양옆에 서서는 팔에 찰싹 달라붙은 채 투닥거리기 시작했다.

서윤은 팔뚝에서 느껴지는 느낌에 얼굴이 새빨개져 아무 말도 못 하고 있었다.

"이 손님 되게 귀엽다. 혹시 처음 아니야? 더 욕심나네?"

기녀 한 명이 서윤의 볼을 슬쩍 쓰다듬으며 말했다. 그에 서윤이 더 당황하자 기녀 두 명이 재미있다는 듯 웃었다.

그때, 홍루에서 누군가가 나오며 두 기녀에게 타이르듯 말했다.

"그만들 하거라. 손님 당황해하시지 않느냐?"

"네."

서윤은 고개를 들어 그 사람을 보았다. 이곳 홍루의 주인인 듯 화려한 옷 차림을 한 여인이 서 있었다.

서윤에게 달라붙은 두 기녀보다는 나이가 좀 있어 보였으나 미모는 결코 뒤지지 않았다. 오히려 외모에서 풍기는 원숙

한 아름다움은 더욱 짙었다.

"들어오시지요. 당황하실 것 없습니다."

그녀의 말에 서윤이 천천히 발걸음을 옮겼다. 그렇게 그녀의 곁에 다가가서는 서윤이 작은 목소리로 속삭이듯 말했다.

"하오문을 찾아왔소만."

서윤의 말에 여인은 짙은 미소를 지었다. 그러고는 서윤에게 달라붙었던 기녀 두 명을 바라보며 말했다.

"오늘 이 손님은 내가 모실 것이니라. 그렇게 알고 있거라."

"…네."

여인의 말에 기녀 두 명은 실망한 기색을 감추지 않으며 기어들어 가는 목소리로 대답했다.

"따라오십시오."

여인이 몸을 돌려 홍루 안으로 들어갔고, 서윤은 서둘러 그 뒤를 따랐다.

서윤의 등 뒤로 언제 실망했냐는 듯 다른 손님들을 향해 교태 섞인 웃음을 흘리는 기녀들의 목소리가 들렸다.

여인의 뒤를 따라 복도를 지나는 내내 죽을 맛이었다.

여러 개의 방이 있는데 그 안에서 낯 뜨거운 소리들이 계속해서 들려왔기 때문이었다.

'못 할 짓이군.'

그제야 서윤은 봉황곡 살수가 괜찮겠냐고 물었던 이유를 알 것만 같았다.

그렇게 얼마를 걸었을까.

몇 번을 꺾어지고 나자 서윤을 힘들게 했던 소리들도 점차 줄어들었다.

그러다가 여인이 어느 한 방 앞에 서서는 문을 열었다.

"들어가시지요."

그녀의 말에 서윤은 조심스럽게 그 안으로 들어갔다. 그러자 여인도 뒤따라 들어와서는 문을 닫았다.

방 안은 깔끔했다.

침실 같은 느낌이라기보다는 집무실 같은 느낌을 줄 정도였다.

"앉으십시오."

여인이 서윤에게 상석을 권하고는 자신은 그 맞은편에 앉았다. 얼떨결에 상석에 앉은 서윤은 여인을 빤히 바라보았다.

"정식으로 인사드리지요. 하오문 서안 지부 지부장 비연(肥練)이라고 합니다."

비연이 자신을 소개했다. 그에 서윤도 입을 열었다.

"서윤이오."

"알고 있답니다."

알고 있다는 비연의 대답에 서윤은 깜짝 놀랐다. 대부분은 자신이 죽은 것으로 알고 있었다. 그런데 이 여인은 자신을 어찌 알고 있단 말인가.

서윤이 놀란 표정을 숨기지 못하자 비연이 미소를 지었다.

"놀라실 것 없습니다. 하오문은 그런 곳이니까요."

비연의 말에 서윤은 고개를 끄덕였다. 이 정도라면 호걸개와 허문의 행방은 물론이고 서시의 일까지도 알 수 있을 것이란 기대감이 들었다.

"자, 무엇이 궁금해서 오셨는지요?"

"호걸개와 허문 영감, 그리고 봉황곡주의 행방을 알고 싶소."

서윤의 말에 비연이 살짝 인상을 찌푸렸다. 하지만 이내 인상을 펴고 웃으며 말했다.

"굉장히 고급 정보를 원하시는군요."

"고급 정보인지는 모르겠지만 어쨌든 중요한 정보이긴 하오."

"중요한 만큼 우리에게는 고급이지요. 자, 그럼 그 정보에 대한 대가로 얼마를 주실 건가요?"

여인의 말에 서윤은 당황했다. 설마 돈을 요구할 줄은 생각지 못했기 때문이었다.

'무얼 하든 다 돈이라는 걸 몰랐던 것도 아닌데 왜 그 생각을 못 했을까.'

정보를 얻어야 한다는 생각과 하오문의 지부가 홍루라는 것에 당황해 미처 그것까지 생각하지 못했던 것이 불찰이었다.

돈을 요구한 것에 당황하기는 했지만 돈이 아예 없는 것은 아니었기에 서윤은 일단 금액을 물어보기로 했다.

"설마, 그냥 공짜로 얻어 가실 생각이었던가요?"

"얼마를 원하시오?"

"이 정도면…. 금자 석 냥은 주셔야 할 것 같군요."

"음……."

서윤이 낮은 소리를 내었다. 생각했던 것보다 가격이 높았던 까닭이었다.

서시가 자신에게 맡긴 전낭에 있는 돈을 다 털어도 금자 두 냥이 채 되지 않았다. 거기에 지금까지 묵었던 숙박비를 빼고 나면 더더욱 부족했다.

그런 서윤의 기색을 살피던 비연이 미소와 함께 말했다.

"금액을 지불하실 상황이 되지 않으시는 모양이군요. 그럼 차후에 다시 오시겠습니까? 저희도 아직은 정보가 완전하지는 않습니다. 몇몇은 좀 더 모아야 하는 상황이랍니다."

"알겠소. 나중에 다시 오리다."

그렇게 말한 서윤이 자리에서 일어났다. 그에 여인이 마치 수행하듯 서윤의 뒤를 따랐다.

홍루 밖으로 나가자 아까의 그 기녀들이 서 있었다.

오랜 시간이 지나지 않았는데 서윤이 밖으로 나오자 여인들은 어리둥절한 표정을 짓더니 이내 슬며시 미소를 지었다.

서윤은 그녀들이 짓는 미소의 의미를 몰라 그냥 무심히 두 사람을 지나쳐갔다.

그렇게 서윤이 조금 멀어지자 기녀 둘이 낮은 목소리로 속삭였다.

"젊다고 다 오래 하는 건 아닌가 봐."

"그러게."

거리도 조금 있고 속삭였으니 듣지 못할 거라 생각했겠지만 서윤은 두 기녀의 대화를 똑똑히 들을 수 있었다.

그에 서윤은 화끈거리는 얼굴을 식히기라도 하려는 듯 빠른 걸음으로 홍루에서 멀어졌다. 그런 서윤의 뒷모습을 비연이 의미심장한 표정으로 쳐다보고 있었다.

객점으로 돌아온 서윤은 어떻게 해야 할지 난감했다.

금자 석 냥이라는 큰돈을 어디서 구한단 말인가. 그렇다고 도둑질을 할 수도 없는 노릇. 그렇다면 결국 누군가에게 빌려야 한다는 말이었다.

'대륙상단… 숙부님.'

서윤은 대륙상단을 떠올렸다. 대륙상단에 찾아가 자초지

종을 설명하면 금자 석 냥을 지불하는 건 어렵지 않을 것이었다.

"어떻게 한다?"

서윤은 고민을 거듭했다. 결국 내린 결론은 봉황곡의 도움을 받아 보고 그것이 여의치 않을 경우 대륙상단에 찾아가기로 마음먹었다.

"얼른 오시오."

서윤이 그렇게 중얼거렸다.

＊　　　＊　　　＊

황보세가를 비롯한 오대세가들이 전면에 나서기로 하면서 정도 무림 내의 기류가 바뀌었다. 이제 시작하는 것임에도 반격에 성공하기라도 한 듯 들뜬 분위기가 느껴졌다.

종리혁은 각 문파의 문주들에게 은밀히 서신을 띄웠다.

내용은 황보진원에게 들은 배신자들과 관련된 내용이었다. 문파 내에 배신자가 있을 수 있으니 당분간은 그들을 색출해 내는 데에 집중하라는 내용이었다.

그러는 사이 산동의 황보세가와 하북의 팽가에서 섬서성 쪽으로 병력을 보냈다.

화산이 무너지고 종남파만 남은 상황에서 그곳까지 화를

당한다면 섬서성은 온전히 적들의 손에 넘어갈 수밖에 없는 상황이었다.

게다가 대륙상단에 있는 검왕은 아직 깨어나지 못한 상태가 아니던가. 종남파마저 무너지고 그들이 검왕의 목숨을 노린다면 앞으로도 계속해서 힘겨운 싸움을 할 수밖에 없었다.

무슨 수를 써서라도 종남은 물론 검왕이 있는 대륙상단을 지켜내야 했다.

섬서성으로 중원 전체의 시선이 쏠리고 있었다.

"황보세가와 팽가에서 섬서성으로 병력을 보냈다는구나."

설군우가 자신에게 전달된 서찰을 설궁도와 설시연에게 보여주며 말했다.

설군우에게서 받은 서찰을 읽어 본 두 사람의 표정은 한층 밝아져 있었다.

화산이 무너지고 아직 종남파에는 별일이 없다 하나 언제 어떤 일이 벌어질지 알 수 없는 노릇이었다. 거기에 설백이 있는 대륙상단 역시 언제든지 위험에 처할 수 있었다.

그렇게 불안한 나날을 보낸 것이 얼마던가.

아직 황보세가와 팽가의 지원군이 도착한 것은 아니지만 그것만으로도 마음이 든든해지는 것을 느꼈다.

"얼른 호걸개 장로와 허문 영감을 찾아야 할 텐데."

설군우의 말에 설궁도와 설시연 모두 고개를 끄덕였다. 가족으로서 설백이 얼른 깨어나길 바라는 것은 당연했고 그 이유 외에 얼른 그가 깨어나야 반전의 계기를 마련할 수 있기 때문이기도 했다.

"개방에서는 아직 아무런 연락이 없는 건가요?"

"그래. 아무런 소식이 없구나."

"의외로군요. 개방에서 그렇게 노력을 하는데 행방을 찾지 못하다니."

설궁도의 말에 설군우도 고개를 끄덕였다.

"워낙 상황이 안 좋으니 조금 더 시간이 걸리는 것이겠지. 너무 조급해하지 말고 기다려 보자꾸나."

그렇게 말한 설군우가 설시연에게 시선을 돌렸다. 예전보다는 많이 나아졌다고 하지만 아직도 가끔 멍하니 있는 모습을 볼 수 있었다.

"연아, 괜찮은 게냐?"

"네, 괜찮아요."

설군우의 물음에 설시연이 미소를 지으며 고개를 끄덕였다. 그녀의 미소가 설군우에게는 가슴 아프게 다가왔다.

지금까지 그녀가 얼마나 이를 악물고 버텨왔는지 잘 알기 때문이었다.

부모로서 이 이상 그녀의 마음에 상처가 되는 일은 벌어지지 않길 바랄 뿐이었다. 하지만 현실은 그런 설군우의 바람을 쉽게 들어줄 것 같지 않았다.

"가서 쉬려무나. 밤이 많이 늦었구나."

설군우의 말에 설궁도와 설시연은 그의 집무실을 나섰다. 그리고 잠시 후 설군우의 부인 연 씨가 찾아왔다.

"당신도 좀 쉬셔야죠."

"난 괜찮소."

"제가 보기에는 안 괜찮아 보여요."

연 씨의 말처럼 설군우야 말로 예전에 비해 많이 야윈 모습이었다. 그만큼 마음고생이 심했다는 뜻이기도 했다.

"나는 괜찮으니 아이들이나 잘 보살펴 주시구려. 특히 연아."

"그래야지요. 열심히 신경 쓰고 있는데 큰 도움이 되는지는 모르겠어요."

"그래도 어쩌겠소. 우리가 할 수 있는 최선을 다해야지. 그것이 부모 아니오."

그렇게 말한 설군우가 자신의 어깨를 주무르는 연 씨의 손을 힘주어 잡아 주었다.

설군우는 연 씨에게 고마움을 크게 느끼고 있었다. 겉으로 표현은 잘 못하지만 연 씨를 생각하는 마음은 그 누구보다 컸다.

본인도 힘들 텐데 남편에 자식들까지 웃는 낯으로 보살핀다는 게 어디 쉬운 일이겠는가.

'미안하오. 그리고 고맙소.'

설군우는 이번에도 마음속 가득한 그 말을 차마 입 밖에 내지 못했다.

*　　　*　　　*

봉황곡 살수가 다시 서윤을 찾은 것은 서윤이 하오문에 다녀오고 사흘이 지난 후였다.

"어떻게 되었소?"

서윤이 먼저 묻기 전에 봉황곡 살수가 먼저 서윤에게 하오문에 갔던 일을 물었다.

"금자 석 냥을 원했소."

"그래서?"

"지불할 능력이 못 되니 그냥 나올 수밖에."

서윤의 대답에 살수의 얼굴에 아쉬움이 살짝 스쳐 지나갔다.

"곡주를 찾는 일은 어떻게 되었소?"

서윤의 물음에 살수가 고개를 저었다. 지금껏 백방으로 뛰어 보았지만 그 어떤 단서도 찾을 수가 없었다.

"하……."

서윤이 답답한지 깊은 한숨을 내쉬었다.

"하오문에 가서 무엇을 물었소?"

"호걸개 장로와 허문 영감, 그리고 봉황곡주의 행방."

"흠… 금자 석 냥이라."

그렇게 중얼거린 살수가 인상을 찌푸렸다. 아무리 머리를 굴려 봐도 금자 석 냥을 구하기란 어려울 것 같았다.

"구할 곳이 없겠소?"

"내가 묻고 싶은 말이오. 우리 봉황곡은 수입이 사라진 지 오래요. 금자 석 냥을 감당할 여력이 없소."

살수의 입에서 기대했던 말이 나오지 않자 서윤은 가만히 고개를 끄덕였다. 결국 대륙상단을 찾아가는 것 밖에는 답이 없었다.

"개방에서도 호걸개 장로와 허문 영감을 찾고 있는 모양이었소. 하지만 그들도 난항을 겪는 모양이오."

"쉽게 찾을 수 있었다면 우리도 진작에 찾지 않았겠소."

서윤의 말에 살수도 고개를 끄덕였다.

"아무래도 대륙상단에 다녀와야 할 것 같소."

"대륙상단에? 괜찮겠소?"

"어차피 허문 영감을 모시고 갈 생각이었소. 일이 이렇게 되어 미루고 있었지만 어쩔 수 없지. 숙부님께 자초지종을 말씀 드리고 도움을 받아야 할 듯하오."

"알겠소. 우리도 하오문으로부터 정보를 얻고 난 후에야 다음 움직임을 가져가야겠소. 당분간은 좀 쉬고."

살수의 말에 서윤이 고개를 끄덕였다. 그에 살수가 서윤의 방을 나서며 말했다.

"이틀 후 이 시간 즈음에 대륙상단으로 찾아가겠소."

그 말을 남긴 살수는 여느 때처럼 홀연히 사라졌다.

날이 어두워지자 서윤은 짐을 챙겼다.

등에 짐을 메고 갓을 쓴 서윤은 지금까지의 숙박비를 모두 지불하고는 객점을 나섰다.

대륙상단으로 가는 길.

왠지 모르게 기분이 들뜨는 것 같은 느낌이었다.

하지만 그러면서도 한편으로는 마음이 무겁기도 했다. 허문 영감을 데리고 대륙상단에 갔다면 조금 덜 무거웠을 텐데 그러지 못했으니 무거운 건 당연했다.

'누이가 날 얼마나 때리려나.'

서윤은 불산에서 헤어지던 날 설시연에게 했던 말을 떠올렸다. 조금이라도 다친다면 다음에 만났을 때 때려도 좋다고 했던 그 말을.

그런 생각을 하며 서윤은 천천히 대륙상단으로 발걸음을

옮겼다.

*   *   *

종리혁은 제갈공과 늦은 시간까지 회의를 하고 있었다.

은밀하게 무림맹 내에 있는 배신자 색출에 나선 탓에 요즘은 늦게까지 일을 하는 시간이 많았다.

"예상대로 정보 조직 쪽에 문제가 있습니다. 애초에 개방에서 한 번 걸러져 온 정보가 무림맹 내에서도 여러 차례 걸러진 정황을 포착했습니다."

"어떻게 그런……. 도대체 언제 이렇게까지 손을 썼단 말인가. 지난 정마대전이 끝난 지 십 년 만에 이 모든 일이 가능한 것이오?"

종리혁의 물음에 제갈공은 가만히 고개를 저었다.

"요즘 들어 드는 생각이지만 십 년 전의 정마대전은 눈속임이 아니었을까 싶습니다."

"눈속임?"

"예. 생각했던 것보다 정마대전이 짧게 끝났습니다. 물론 피해는 있었습니다만 생각해 보면 저들의 피해도 그리 크지는 않았습니다."

"적극적으로 싸우는 척 패한 뒤 숨어 지내면서 뒤에서 공작을 한 것이다?"

"그것이 아니면 설명이 되질 않습니다."

제갈공의 말에 종리혁도 고개를 끄덕였다. 황당하긴 하지만 그것이 아니면 설명이 되질 않았다.

"구파에서 배신자들을 색출해 내는데 얼마나 걸리겠는가?"

"쉽지는 않을 겁니다. 일단 믿기 어려운 일이니 그것을 받아들이는 데에 시간이 걸릴 것이고 찾아내는 데에도 시간이 걸릴 겁니다."

"각 세가들이 얼마나 버텨주느냐 하는 것이 관건이겠군."

"그렇습니다. 우리도 서둘러야 할 듯합니다."

"서둘러야지, 서둘러야지."

그렇게 중얼거리며 종리혁이 배신자로 의심되는 사람들의 이름이 빼곡히 적힌 종이를 내려다보았다.

"절대 용서하지 않을 것이다."

＊　　　＊　　　＊

"황보세가와 팽가가 움직였다고 합니다."

"그들이?"

여인의 보고에 마교주가 인상을 찌푸리며 물었다.

"예. 아무래도 세가 내에 있는 우리 쪽 사람들이 들통 난 것 같습니다."

"그럴 리가. 눈치채지 못했을 텐데."

"자세한 것까지는 알 수 없습니다. 황보세가와 팽가뿐만 아니라 남궁가에 있던 자들까지도 모두 색출됐다고 합니다."

연이은 보고에 마교주가 몸을 부르르 떨었다. 분노와 흥분이었다.

"역시 만만하게 볼 자들이 아니군. 구파에서도 이를 알았을 가능성은?"

"십 할입니다."

"저들이 변절자 색출에 얼마나 걸리겠는가?"

"쉽지는 않을 겁니다. 당분간은 괜찮겠지만 그래도 너무 여유를 두면 안 될 것 같습니다."

"흠… 뭐 이런 일이 벌어지지 않을 거라는 생각은 하지 않았지만 예상보다는 한참 빠르군. 뭐, 색출해 낸다 해도 어쨌든 저들의 힘을 깎아내는 데에는 성공한 것이니 나쁘게만 볼 것은 아니겠군. 담천은 뭘 하고 있나?"

"대기 중입니다."

"빨리 처리하라고 해. 그리고 그자는?"

"행적을 찾고 있는 중입니다만 섬서성에 있는 것 같습니다."

"빨리 찾아서 보고하도록. 매영에게 시킨 일은 어떻게 됐나?"

"차근차근 진행되고 있습니다."

"그 일은 앞당길 수 있는 성질의 것이 아니니 일단 기다리도록 하고 나머지 애들에게도 전해. 준비하라고."

마교주의 말에 여인의 눈이 빛났다.

"본격적으로 시작하시는 겁니까?"

"그래야지. 언제까지고 맛만 보여줄 순 없지 않나. 이 정도 흔들어 놨으면 됐어. 그리고 저들이 변절자 색출을 끝내고 하나로 결속하게 되면 우리도 힘들어."

"알겠습니다. 그리 전하겠습니다."

"후후. 노인네들이 이제야 기분 좋게 웃겠군."

그렇게 중얼거리는 마교주의 입가에도 미소가 번져 있었다.

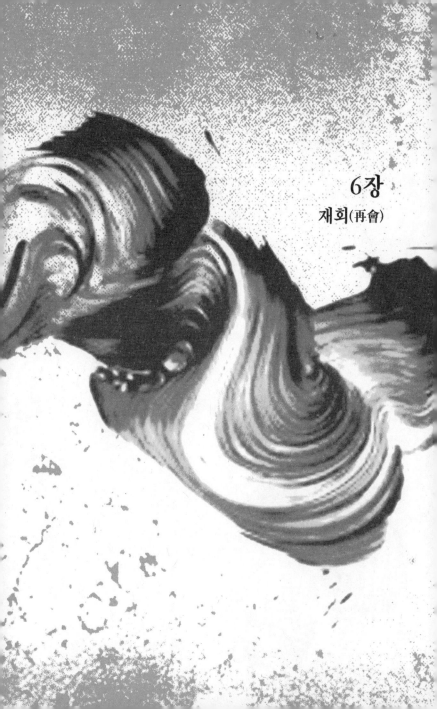

6장
재회(再會)

風神 徐闇
풍신서윤

먼발치에서 대륙상단을 바라보고 서 있는 서윤은 차마 떨어지지 않는 발걸음 때문에 한참을 망설이고 있었다.

마치 혼날 일을 하고 어머니가 기다리는 집으로 들어가야 하는 천덕꾸러기가 된 것 같은 기분이었다.

'혼날 일을 하긴 했지.'

속으로 그렇게 중얼거린 서윤은 계속해서 대륙상단을 바라보았다.

늦은 시간이었지만 대륙상단은 여전히 불이 밝게 켜져 있었다. 섬서성의 분위기 때문인지 경계도 예전보다는 더 심해진 것 같았다.

"후… 정문으로 들어가는 건 포기해야겠네."

그렇게 중얼거린 서윤은 대륙상단이 아닌 다른 쪽으로 발걸음을 옮겼다.

잠시 후.

서윤은 인적이 뜸한 쪽의 담벼락 앞에 서 있었다. 슬쩍 올려다보니 생각보다 높은 듯했다.

"내 계산이 맞다면……."

그렇게 중얼거린 서윤이 숨을 깊게 들이마신 후 담벼락 위를 향해 훌쩍 뛰어 올랐다.

어둠이 짙게 깔린 시간이었지만 설시연은 횃불 몇 개만 켜둔 채 검을 들고 연무장에 서 있었다.

하루도 거르지 않고 계속된 수련에 설시연의 실력도 그간 많은 발전을 이룬 상태였다.

물론, 검왕이 깨어나 직접적인 가르침을 주었다면야 더욱 발전했겠지만 사정이 그러질 못했다.

하지만 그럼에도 발전을 이루었다는 것은 그만큼 그녀가 지금까지 부단한 노력을 해왔다는 것이었다.

서윤의 실종 이후 더욱 독하게 검을 휘두른 그녀였다.

그렇게 지낸 시간이 어언 일 년이 다 되어가고 있었고 지금

은 누구도 쉽게 그녀의 검을 받아내기 어려울 정도로 여의제
룡검의 성취가 높았다.

설시연은 천천히 연무장 내를 거닐었다.

매일같이 틈만 나면 찾는 연무장이었지만 오늘은 왠지 모
르게 느낌이 달랐다.

그렇게 거닐던 설시연이 발걸음을 멈추고는 검을 뽑았다.

스릉!

검집에서 뽑혀 나온 그녀의 검이 청아한 소리를 내었다. 하
지만 그 다음 순간 이어진 검초는 살벌하기 그지없었다.

설시연의 검이 향한 곳에는 낯선 자가 있었다.

월담하여 대륙상단에 들어온 자. 그를 향해 설시연은 가차
없이 검을 휘둘렀다.

담벼락을 뛰어 넘은 서윤은 깜짝 놀랐다.

그곳에 설시연이 있었던 것이다. 게다가 자신을 향해 검까
지 휘두르는 게 아닌가.

갓을 쓰고 있었고 월담까지 했으니 도둑이나 살수 등으로
오해를 받을 수 있는 상황이었으나 오랜만에 만났는데 대뜸
공격을 받으니 왠지 모르게 억울한 마음도 들었다.

'얼마나 늘었는지 볼까?'

서윤이 미소를 지었다.

그러고는 최대한 쾌풍보를 사용하지 않고 그녀의 공격을 피해 나갔다.

쐐에엑!

'이크!'

쾌풍보를 사용하지 않고는 피하기 어려운 수준의 공격들이 연이어 날아왔다.

그럼에도 서윤은 용케도 그녀의 검격을 피해내고 있었다.

'대단하네.'

서윤은 감탄하고 있었다. 지난 시간 동안 그녀가 얼마나 노력했는지 지금 펼치는 검초에서 고스란히 드러나고 있었다.

'좀 더 간결하게. 여기서는 더 빠르게!'

서윤은 설시연의 검격을 보며 속으로 중얼거렸다. 그러면서 자신이 생각한 대로 그녀가 공격할 수 있도록 일부러 움직임을 가져갔다.

설시연은 내심 당황하고 있었다.

처음에는 그냥 도둑 정도로 생각했었다.

그래서 쉽게 제압할 수 있을 거라 생각했지만 막상 검을 뿌려보니 상대의 실력이 상당했다.

아슬아슬했지만 계속해서 자신의 공격을 피해내는 움직임.

그러면서도 어딘지 모르게 여유가 있어 보이는 분위기까지.

결코 얕잡아 볼 수 있는 상대가 아니라 생각했다.

'그 갓부터 벗겨주지.'

설시연이 내력을 더욱 끌어올렸다.

그러자 그녀가 펼치는 여의제룡검의 위력이 배가 되었다.

'장난 아닌데!'

서윤은 설시연이 펼치는 검법의 위력이 더욱 강해지자 긴장
했다.

그녀의 실력을 보기 위해 벌인 일이었지만 자칫하다가는 어
디 한 군데 떨어져 나갈지도 모르겠다는 생각이 들 정도였다.

'그냥 당할 수는 없지.'

서윤은 쾌풍보를 사용하기로 마음먹었다.

하지만 온전히 다 보여주는 것이 아닌 살짝 꼬아 쾌풍보임
을 최대한 감추고자했다.

서윤의 속도가 빨라지자 설시연은 또 한 번 당황했다.

자신이 검법의 위력을 올리자마자 상대방의 속도 역시 빨
라진 것이다. 처음부터 실력을 감추고 있었다는 뜻.

설시연은 이를 악물었다.

'이 정도도 제압하지 못하면 의미 없어.'

설시연은 할아버지의 복수와 서윤의 복수까지 다짐하고 있
었다.

그런데 집에 들어온 도둑 한 명도 제대로 제압하지 못한다

면야 어찌 복수를 할 수 있겠는가.

설시연이 집중력을 끌어 올렸다.

상대방의 움직임을 끝까지 살피며 신중하게 검을 뿌렸다.

그러자 설시연의 공격이 간결해졌다.

군더더기 없는 동작들이 이어졌고 이를 피하는 서윤도 이내 장난스러운 마음을 거두고 진지하게 임했다.

슈슉!

쐐에에에엑!

그녀의 검이 날카롭게 뻗어왔다.

서윤은 여전히 주먹을 뻗지 않은 채 쾌풍보를 이용해 그녀의 검격에서 벗어나려 했다.

하지만 설시연은 호락호락하지 않았다.

추혼보의 성취는 더욱 늘어 쉽사리 서윤을 놓아주지 않고 있었다.

하지만 서윤은 당황하지 않았다.

죽을 고비를 넘기고 상단전을 연 서윤은 경험까지 더해져 노련함을 갖춰가고 있었다.

서윤은 끈질기게 자신을 쫓는 검을 보며 부드럽게 다리를 움직였다.

느리게 움직이다가도 어느 순간 설시연의 검에서 멀어져 있었으며 멀리 있는 듯하다가도 어느덧 그녀에게 바짝 다가가 있었다.

그렇게 되자 흐름이 점차 서윤에게 넘어가기 시작했다.

서윤은 설시연의 공격을 신경 쓰기보다는 자신만의 흐름으로 설시연을 끌어들이려 했다.

과거 신도장천이 얘기했던 보법도 하나의 훌륭한 무공이라는 의미를 조금씩 깨달아가는 설시연이었다.

그런 서윤과 달리 설시연은 본인이 공격을 하고 있음에도 주도권을 내주고 있었다.

서윤의 공격적인 움직임 때문에 흐름을 빼앗겼고 결국에는 수동적으로 공격을 할 수밖에 없었던 것이다.

설시연은 화가 났다.

본인 스스로도 그런 것을 느끼고 있었던 것이다.

그동안 해왔던 수련의 결과가 이것밖에 되지 않는다는 사실에 스스로에게 너무나 화가 났다.

하지만 그렇다고 여기서 주저앉을 수는 없었다.

설시연은 다시 한 번 이를 악물고 진기를 더욱 끌어 올렸다.

진기를 가득 머금은 백아가 서윤에게 똑바로 날아들었다.

그를 본 서윤도 다시 쾌풍보를 펼쳤다.

더욱 날카로워진 그녀의 공격. 서윤은 지금 이 순간에도 그녀가 성장하고 있다는 것을 느낄 수 있었다.

'이제 끝내자.'

그렇게 생각한 서윤이 본격적으로 쾌풍보를 펼치기 시작했다.

그러자 설시연은 엄청난 압박을 느낄 수밖에 없었다.

지금까지와는 전혀 다른 위압감.

그제야 설시연은 애초부터 자신은 눈앞의 사람에게 상대가 되지 않았다는 것을 깨달을 수 있었다.

억울했다.

상대의 장단에 놀아났다는 것도 억울했지만 그렇게 노력했음에도 이 세상에는 아직까지도 자신이 뛰어넘지 못한 사람들이 많다는 것 때문이었다.

설시연은 울음이 터져 나올 것 같았다.

하지만 억지로 이를 악물며 눈물을 참았다.

단 한 번. 한 번의 공격이라도 상대에게 닿기를 바라며 검초를 펼쳤다.

서윤이 쾌풍보를 펼치고 설시연이 검을 뿌렸다.

혼신의 힘을 다해 뻗어낸 지금의 일 초는 결코 만만하게 볼 수 없는 공격이었다.

서윤과 설시연이 교차했다.

약간의 거리를 둔 채 멈춰 선 두 사람.

설시연은 검을 거두며 돌아서서는 서윤 쪽을 바라보았다.

그리고 서윤도 천천히 그녀 쪽으로 돌아섰다.

마지막 설시연이 펼친 공격에 갓의 끝 부분이 살짝 갈라져 있었다.

그것을 확인한 서윤은 입가에 살짝 미소를 지었다.

서윤의 미소에 설시연은 날카로운 눈빛으로 그를 노려보며 물었다.

"당신, 누구죠? 월담까지 해서 뭘 하려던 거죠?"

그녀의 물음에 서윤은 천천히 갓의 끈을 풀었다. 얼굴을 보일 시간. 서윤은 심장이 뛰는 것을 느꼈다.

갓의 끈을 모두 푼 서윤이 천천히 갓을 벗었다.

설시연은 그의 얼굴에서 시선을 떼지 않았다. 천천히 내려가는 갓.

이마가 보이고 눈이 보이고 코가 보일 때마다 설시연의 눈빛은 크게 흔들렸다.

너무나 낯익은 이목구비.

그리고 너무나 보고 싶었던 얼굴이 그 자리에 서 있었다.

"오랜만입니다, 누이."

"서윤!"

마지막으로 그의 목소리까지 듣고 난 후에야 설시연은 서윤에게 달려갔다.

두 눈 가득 눈물이 차올라 앞이 뿌옇게 흐려졌다.

와락!

달려간 설시연이 서윤에게 안겼다. 그러고는 마음껏 기쁨의 눈물을 흘렸다.

기쁨과 그간의 그리움, 마음고생 등이 뒤섞인 눈물이었다.

자신에게 안겨 눈물을 흘리는 설시연의 등을 서윤은 미소를 지은 채 가만히 쓸어 주었다.

"보고 싶었습니다."

서윤이 설시연의 귀에 속삭였다. 그 한 마디에 설시연은 그간의 마음고생이 눈 녹듯이 사라지는 것 같았다.

"고마워요. 정말 고마워요. 살아 있어 줘서."

설시연이 중얼거리듯 말했다. 그에 서윤의 입가에 걸린 미소도 더욱 짙어졌다.

그녀가 어느 정도 진정된 듯하자 서윤이 자신의 품에서 설시연을 떼어냈다.

그러고는 그녀의 얼굴을 바라보며 미소를 지었다.

"미안합니다. 진작 찾아오지 못해서."

"괜찮아요. 이렇게 살아서 돌아왔으니 됐어요."

설시연의 말에 서윤이 고개를 끄덕였다.

몇 번이고 떠올렸던 얼굴이다. 시간이 지날수록 조금씩 흐릿해져 가는 그녀의 얼굴을 그리며 아쉬워했던 적도 한두 번이 아니었다.

그런데 이렇게 가까이에서 다시 그녀를 만나니 서윤도 그간의 고생이 아무것도 아니었던 것 같은 기분이 들었다.

서윤이 가만히 손을 들어 그녀의 눈가에 있는 눈물을 닦아 주었다. 그러자 설시연이 얼른 고개를 숙여 눈물을 닦았다.

"그동안 고생했습니다. 잘 버텨줘서 고맙습니다."

서윤의 말에 설시연은 또다시 눈물이 날 것 같았지만 꾹꾹 눌러 담았다.

"그런데 오랜만에 만나서 다짜고짜 검부터 휘두르다니 너무한 것 아닙니까?"

서윤의 장난기 섞인 말에 설시연이 눈을 흘겼다.

"오랫동안 마음고생 시킨 벌이에요."

설시연의 말에 서윤이 너털웃음을 터뜨렸다. 그러고는 다시금 그녀를 꼭 안아 주었다.

"이제 다시는 이런 일 없을 겁니다."

서윤의 그 한 마디가 지금 이 순간 설시연에게는 그 어떤 말보다 든든하게 느껴졌다.

두 사람은 잠시 동안 그렇게 안은 채 오랜만의 재회를 자축했다.

자다 깨서는 집무실로 향하는 설군우와 설궁도의 표정에는 지금 이 상황이 무슨 상황인지 모르겠다는 당황스러움이 묻어 있었다.

갑자기 찾아와 급하게 집무실로 모여보라는 설시연의 목소리에서 무언가 심상치 않은 것이 느껴졌기에 두 사람의 얼굴에는 긴장감 또한 묻어 있었다.

집무실에 도착한 두 사람은 눈앞에 서 있는 사람의 얼굴을 보고는 한동안 벌어진 입을 다물지 못했다.

아무런 말도 나오지 않았고 그저 눈동자만 굴리며 그의 얼굴을 확인할 뿐이었다.

두 사람의 반응이 재미있다는 듯 서윤과 설시연은 마주보고 미소를 지었다.

"숙부님, 서윤입니다."

그러면서 서윤이 그의 앞에서 넙죽 절을 했다. 그 모습을 따라 두 사람의 고개가 아래로 내려갔다가 다시 올라왔다.

"정말, 정말 윤이가 맞는 게냐?"

"예, 맞습니다. 너무 늦었습니다. 정말 죄송합니다."

서윤의 말에 설군우가 천천히 그에게 다가가 와락 끌어안았다.

"됐다, 됐어. 이렇게 살아 있으니 됐다. 늦게 온 게 무슨 대수겠느냐? 이렇게 멀쩡하니 다행이지."

그렇게 말하는 설군우의 목소리는 떨리고 있었다. 곁에 서 있는 설궁도는 아직도 입을 벌린 채 아무 말도 하지 못하고 있었다.

"형님."

서윤이 설궁도를 보며 말했다. 그제야 설궁도도 서윤을 안으며 기뻐했다.

"아우! 하하! 난 믿었네. 믿었어. 자네가 살아 있을 거라고. 잘못되지 않았을 거라고 굳게 믿고 있었어!"

설궁도가 서윤의 등을 두드리며 말했다. 근래 들어 설궁도가 이렇게 기뻐한 적이 있었나 싶을 정도로 기뻐했다.

"일단 앉거라. 묻고 싶은 이야기, 듣고 싶은 이야기가 많구나."

설군우의 말에 모두가 의자에 앉았다. 그러고는 어서 얘기해 보라는 듯 서윤을 바라보았다.

"죽다가 살아났습니다. 천운이었죠. 용한 의원을 만나 치료를 받았고 다시 몸을 제대로 움직일 수 있게 되기까지 반 년의 시간이 걸렸습니다. 거기에 무공을 회복하기까지도 시간이 걸렸고요. 더 일찍 찾아왔어야 했는데 알아볼 것이 있어 바로 오지 못했습니다. 한동안은 제가 살아 있다는 걸 숨겨야 했기 때문이기도 했습니다."

서윤은 마의를 떠나 그간 있었던 일은 얘기하지 않았다. 몇 차례 큰 싸움이 있었다는 이야기를 들으면 또다시 걱정을 끼칠까 싶어서였다.

"다행이구나, 다행이야."

설군우가 들뜬 목소리로 말했다. 그에 서윤이 고개를 끄덕이며 말했다.

"호걸개와 허문 영감의 행방을 찾아야 합니다."

"그것도 알고 있었던 게냐?"

"예, 몸을 회복하고는 부탁을 받고 허문 영감을 찾아 갔었습니다. 이곳으로 오는 길에 호걸개 장로도 함께 만났고요. 섬서성 초입까지는 함께 움직였습니다."

"정말이더냐?"

"예. 제가 다른 일로 자리를 비운 사이 습격이 있었던 모양입니다."

"그렇다더구나. 너도 함께 있었다니……. 어쨌든 개방에서도 최대한 찾고 있는 모양이다만 쉽지 않은 것 같더구나."

그 말에 서윤이 가만히 고개를 저었다.

"개방에서 먼저 찾게 하면 안 됩니다."

"아니, 그게 무슨 말이더냐? 개방이 먼저 찾으면 안 된다니."

"다소 충격적일 수 있습니다만… 개방은 물론이고 정도 문파 곳곳에 배신자들이 있습니다."

서윤의 말에 설군우와 설궁도, 설시연은 깜짝 놀랐다.

"배신자라니!"

"사실입니다. 몸을 회복하고 허문 영감에게 가는 동안 관련해서 조사도 했고 명단과 어느 정도의 증거도 확보했습니다."

"그럴 수가."

설군우는 여전히 믿지 못하겠다는 표정을 지었다. 어찌 정도 무림에 배신자가 있을 수 있단 말인가.

"호걸개 장로도 저와 같은 조사를 하고 있던 모양입니다. 그를 찾아 제가 가지고 있는 명단과 비교해 보면 확실한 윤곽이 나올 겁니다."

"하지만 개방에서도 못 찾고 있는 걸 우리가 어찌 찾겠느냐."

"하오문입니다."

"하오문?"

"예. 하오문 지부에 다녀왔습니다. 정보의 대가로 너무 큰 금액을 요구하여 이야기를 듣지는 못했습니다만, 그들은 어느 정도 정보를 가지고 있는 모양입니다."

서윤의 말에 설군우가 고개를 끄덕였다.

"얼마를 요구했느냐?"

"금자 석 냥입니다."

"비싸긴 하구나. 하긴 중요한 정보인 만큼 그 값은 비싸게 마련이지. 궁도야 가서 금자 석 냥을 챙겨 가지고 오너라."

"예."

설군우의 말에 설궁도가 자리에서 일어나 집무실을 나섰

다. 그리고 잠시 후, 설궁도가 목함에 금자를 담아 다시 돌아왔다.

"여기 있다. 가져가거라."

"감사합니다."

"고맙기는. 사사로이는 내 아버지를 살리기 위한 일이고 크게는 중원을 위한 일 아니더냐. 금자 석 냥으로 큰 일조를 할 수 있다면 얼마든지 줄 수 있다."

설군우의 말에 서윤이 미소를 지었다.

"그리고 당분간은 제가 살아 있고 이곳에 있다는 건 철저하게 비밀로 해야 합니다. 상단 식구들도 몰라야 합니다."

"상단 식구들에게까지? 굳이 그럴 필요가 있겠느냐?"

"배신자에 대해 조사하는 일은 은밀하게 이뤄져야 합니다. 제가 드러나면 제약이 있을 수 있습니다."

"그렇긴 하다만……."

설군우의 말에 서윤이 미소를 지으며 말했다.

"걱정 마십시오. 제가 진짜 죽은 것도 아니고 계속 이곳에 있을 겁니다. 때가 되면 제가 살아 있다는 걸 모두가 알게 될 겁니다."

"알겠다. 일단 오늘은 쉬고 하오문에는 내일 다녀오려무나."

"지금 바로 다녀오는 것이 나을 것 같습니다. 다녀오겠습니다."

"같이 가요."

서윤이 목함을 들고 자리에서 일어서자 설시연이 곧장 따라 일어났다. 그에 생각 없이 그러자고 말하려던 서윤은 하오문 지부가 어떤 곳인지를 떠올리고는 어색한 미소와 함께 고개를 저었다.

"혼자 다녀와야 할 곳입니다."

"왜죠? 싫어요. 같이 갈 거예요."

설시연이 고집을 부렸다. 그에 서윤이 난처한 기색으로 설군우와 설궁도를 쳐다보았다.

하지만 두 사람은 서윤의 시선을 피했다.

그동안 설시연이 얼마나 마음고생을 했는지 잘 알고 있기 때문이었다. 그녀를 만류할 이유도 없었고 그렇게 할 생각도 없었다.

"하… 하오문의 지부가 홍등가에 있습니다. 그런 곳을 누이와 함께 갈 수는 없지 않겠습니까?"

서윤의 말에 설군우와 설궁도가 화들짝 놀라며 설시연을 만류했다.

"그, 그렇지. 그런 곳을 따라갈 수는 없지 않겠느냐?"

"그래. 연아야 아우가 금방 다녀올 테니 여기서 기다리는 게 어떻겠느냐?"

설군우와 설궁도의 만류에 설시연이 인상을 찌푸렸다.

"홍등가라면 헐벗은 기녀들이 많겠죠?"

"그, 글쎄다. 이 오라비도 가보질 않아서……."

설궁도가 어색하게 웃으며 대답했다.

"그 기녀들이 막 남자들한테 달라붙고 그런다죠?"

"험험! 그런 얘기는 또 어디서 들었길래……."

설군우가 어색한지 헛기침을 했다. 하지만 설시연은 말을 멈추지 않았다.

"그럼 그 기녀들이 이 사람한테도 달라붙겠네요. 그런 걸 가만히 두고 볼 수는 없어요."

"가만히 안 두고 보면 어쩌려고 그러느냐?"

"차단해야지요. 설마 제가 옆에 있는데 그러겠어요?"

그녀의 말에 설군우와 설궁도는 할 말을 잃어버렸다. 서윤은 어떻게 해서든 도와달라는 간절한 시선을 두 사람에게 보내고 있었다.

작게 한숨을 쉰 설군우가 자리에서 일어섰다. 그러고는 서윤의 손을 두 손으로 꼭 붙잡으며 말했다.

"연아를 잘 부탁한다."

"예?"

당황해하는 서윤을 보며 설궁도도 자리에서 일어나 서윤의 어깨를 다독이며 그 마음 다 이해한다는 듯 말없이 고개를 끄덕였다.

"하……."

서윤이 깊은 한숨을 내쉬었다. 그러자 설시연이 먼저 집무실을 나서며 말했다.

"뭐해요? 급한 일이잖아요. 얼른 가요."

그에 서윤은 포기한 듯 고개를 숙인 채 그녀를 따라 나섰다.

은밀히 대륙상단을 빠져나와 홍등가까지 가는 동안에도 서윤은 계속해서 설시연을 설득했다.

여자가 홍등가 같은 곳에 가면 안 된다, 절대 눈 돌리지 않겠다는 등 여러 가지 공약(?)을 내걸었지만 설시연의 고집을 꺾을 수는 없었다.

사실 설시연이 서윤을 따라 나선 건 그런 것이 걱정되어서가 아니었다.

어렵게 다시 만났는데 서윤 혼자 보내면 또 오랜 시간 못 볼 것 같다는 불안함 때문이었다.

그렇게 걸어 홍등가가 가까워 오자 서윤은 긴장했다.

혼자 가는 것도 긴장되는데 옆에 설시연까지 있으니 더욱 긴장이 되었다.

앞만 보고 가던 서윤은 슬쩍 눈을 돌려 설시연을 쳐다보았다. 정작 그녀의 표정은 아무렇지도 않다는 듯 덤덤했다.

'대단하네.'

서윤은 설시연을 대단하다고 생각하고 있었지만 사실 그녀
도 긴장하고 있었다.

홍등가가 가까워 올수록 기녀들이 조금씩 보이기 시작했
다. 그런 곳을 서윤과 함께 걸으려니 왠지 어색해지고 부끄러
웠다.

하지만 부끄러워하는 모습을 보이기 싫어 필사적으로 태연
한 척하고 있었다.

홍등가에 들어서자 기녀들의 시선이 두 사람에게로 쏠렸다.
몇몇은 서윤의 외모 때문이었지만 대다수는 설시연 때문이었
다.

첫 번째 이유는 홍등가에서 기녀가 아닌 여인을 보기 어려
웠기 때문이었다.

남자들이 찾는 홍등가에 여인이 나타나니 호기심 어린 시
선으로 쳐다본 것이다.

두 번째 이유는 그녀의 미모 때문이었다.

기녀들이 보기에도 설시연은 아름다웠다.

아름다운 사람을 보면 남녀 불구하고 시선이 가는 것은 당
연한 일. 은연중 질투심마저 느끼는 기녀들도 있었다.

기녀들의 시선이 쏠리자 두 사람은 더욱 부끄러웠다.

둘 사이의 분위기도 어색해지는 것 같고 왠지 무언가를 들

킨 것 같은 화끈거림도 느껴졌다.

그래서일까.

설시연이 자신도 모르게 서윤에게 더 붙었다.

마음이 있고 없고를 떠나 설시연으로서는 옆에 있는 서윤을 의지할 수밖에 없었던 까닭이었다.

하지만 서윤은 설시연이 가깝게 붙자 움찔했다.

가뜩이나 어색한데 그녀가 붙으니 속마음(?)을 들킨 것 같은 기분이었다.

그렇게 오만 가지 생각을 다 하며 걸은 끝에, 두 사람은 하오문 지부에 도착할 수 있었다.

홍루를 본 설시연은 서윤을 바라보았다.

"여기에요?"

"네. 여깁니다."

눈앞에 있는 홍루가 하오문 지부라는 서윤의 말에 이번에는 설시연도 표정을 감출 수가 없었다.

얼굴이 달아올라 고개를 들 수가 없었다.

"그래서 내가 혼자 가겠다고……."

"괘, 괜찮아요. 우린 여기에 정보를 얻으러 온 거니까요. 들어가요."

설시연이 애써 부끄러움을 참으며 말하자 서윤이 심호흡을 한 번 하고는 홍루 쪽으로 걸어갔다.

두 사람이 홍루 쪽으로 다가가자 서윤을 보고 다가오던 기녀들이 설시연을 보고는 발걸음을 멈추었다.

그러고는 두 사람을 이상한 눈으로 쳐다보며 자신들끼리 수군거렸다.

홍루의 입구에 다다르자 루주인 비연이 나타났다.

마치 두 사람이 오기를 기다렸다는 듯 정확한 때에 맞춰 마중을 나온 것이다.

"어서 오십시오. 대륙상단의 여식도 함께 오셨군요. 이런 곳에 따라오는 것이 여인으로서 많이 부끄러우셨을 텐데."

비연의 말에 설시연은 아무 말 없이 슬쩍 고개를 돌렸다.

"자, 들어가시지요."

그렇게 말하며 비연이 홍루 안쪽으로 앞장서 걸었고 서윤과 설시연은 그녀의 뒤를 따랐다.

홍루 안쪽으로 들어가자 곳곳에서 교성 소리가 들렸다.

어느 정도 방음이 되어 있는 탓에 작게 들렸지만 두 사람에게는 마치 귓가에서 울리는 것처럼 크게 들렸다.

설시연은 고개를 푹 숙였고 서윤은 애꿎은 천장만 바라보며 비연의 뒤를 따랐다.

어색해하고 부끄러워하는 두 사람의 분위기가 느껴졌는지 앞서 걷는 비연은 미소를 지었다.

비연은 지난번과 같은 방으로 두 사람을 데려갔다.

더 이상 낯부끄러운 소리가 들리지 않고 정갈한 방에 들어오니 마음이 조금 진정되는 듯했다.

비연이 두 사람에게 자리를 권하고 차를 내왔다.

"생각보다 빨리 오셨네요. 역시 대륙상단이 있어서 그런가요?"

그녀의 말에 서윤이 가져온 목함을 내밀었다. 그것을 받은 비연이 목함을 열어 금자 석 냥을 확인하고는 다시 닫아 옆에다가 내려놓았다.

"좋습니다. 걸맞은 금액을 가져오셨으니 정보를 드려야겠지요. 얻고자 하는 것이 호걸개 장로와 허문 영감, 그리고 봉황곡주의 행방이었죠?"

비연의 입에서 봉황곡주라는 말이 나오자 설시연이 슬쩍 서윤을 쳐다보았다.

'봉황곡주? 살수 집단인 그 봉황곡? 그 사람은 왜? 아니, 그보다 봉황곡의 곡주가 예쁘장한 여인이라는 소문이 있던데……'

봉황곡주가 여인이라는 사실에까지 생각이 미치자 설시연은 옆에 앉은 서윤을 슬쩍 흘겨보았다.

"맞소."

"좋습니다. 우선, 봉황곡주는 조금 더 조사가 필요합니다만 일단 살아 있는 것으로 확인되었습니다. 그녀를 데리고 간 자에 대한 정보가 아직 부족해 정확하게 말씀드릴 수는 없겠네요."

비연의 말에 서윤은 말없이 고개를 끄덕였다. 그래도 일단 살아 있다니 다행이라는 생각을 하면서.

"호걸개 장로와 허문 영감의 행방은… 일단 멀지 않은 곳에 있다는 것만 말씀 드리겠습니다."

비연의 말에 서윤이 눈썹을 꿈틀거렸다. 그것으로 끝이란 말인가? 서윤이 뭐라 항의를 하려던 찰나 설시연이 먼저 입을 열었다.

"지금 들은 이야기가 금자 석 냥의 값어치를 하는지 모르겠군요. 무엇 하나 제대로 된 정보가 없지 않나요?"

"후후. 역시 상가의 여식이라 다르군요. 관련된 정보는 추가되는 대로 계속해서 전달해 드릴 예정입니다. 이 정도 이야기로 금자 석 냥이나 받을 정도로 하오문이 질 낮은 집단은 아니랍니다."

지속적으로 관련 정보를 제공하겠다는 비연의 말에 설시연이나 서윤 입장에서는 더 이상 할 말이 없었다.

"얼마나 걸릴 것 같소? 우리로서는 한시가 급한 일이오."

"알고 있습니다. 그리 오래 걸리지는 않을 듯합니다. 적어도 개방에서 먼저 찾을 일은 없을 테니 그건 걱정 마십시오."

비연의 말에 서윤이 눈을 빛냈다. 방금 그 말은 하오문이 개방의 현 상황을 파악하고 있다는 뜻이었다.

'하오문. 생각보다 대단하군.'

"그 정도 정보력이 있으면서 왜 가만히 있는 것이오?"

"무슨 말씀이신가요?"

"취합한 정보를 팔았다면 진작 이득을 남겼어도 남겼을 텐데. 게다가 중원의 운명도 쥐락펴락 할 수 있었을 것이고."

서윤의 물음에 비연이 웃음을 터뜨렸다.

"단순하게만 생각할 건 아니지요. 각각의 복잡한 사정이 작용한답니다. 우선 저희는 찾아오는 자에게 정보를 팔 뿐 정보를 가지고 가 흥정을 하지 않아요. 게다가 우리가 가진 정보가 알려지는 것을 원하는 쪽이 있는 반면 알려지지 않기를 바라는 사람들이 있기도 하죠. 그런 복합적인 것들을 종합하고 판단하는 겁니다."

"우리가 원하는 정보가 공개되는 걸 꺼려하는 사람도 있었을 텐데."

서윤의 말에 비연이 간단하게 대답했다.

"그야 합당한 금액을 지불하셨으니까요. 그리고 아직까지 정보를 팔지 말라는 협박이나 거래는 없었답니다."

"그렇군. 알겠소."

"이후 들어오는 정보는 이곳에 오셔서 들으시겠어요, 아니면 대륙상단으로 사람을 보낼까요?"

"대륙상단으로 보내주시오. 갑시다, 누이."

짧게 대답한 서윤이 설시연을 보며 말했다. 두 사람이 자리에서 일어나 나가려하자 비연이 한 마디 덧붙였다.

"아, 그리고 이건 제 개인적인 이야기지만. 두 분 참 잘 어울리네요."

그렇게 말하며 미소를 짓자 서윤은 덤덤한 표정으로 돌아섰다. 반면 설시연은 살짝 기분 좋은 기색을 드러내고 있었다.

'후후. 재미있는 분들이네.'

그렇게 말한 비연도 두 사람의 뒤를 따라 밖으로 나갔다.

비연의 배웅을 받으며 홍루에서 나온 두 사람은 서둘러 대륙상단으로 향했다.

말없이 한참을 걸어 홍등가에서 완전히 벗어났을 때 설시연이 물었다.

"봉황곡주라는 그 여자는 어떻게 알게 된 거죠?"

유독 '여자'라는 말에 힘주어 말하는 설시연의 물음에 서윤이 움찔했다. 하지만 이내 침착하게 대답했다.

"도움을 받았습니다."

"무슨 도움이요?"

"돈을 빌려주고 제 일을 도와줬죠."

"흠… 그 이상의 관계라거나 그런 건 아닌가요?"

설시연의 물음에 서윤이 미소를 지으며 고개를 저었다.

"아닙니다."

"그럼 됐어요."

그렇게 말한 설시연이 앞장서 걸었다. 그녀의 입가에는 기분 좋은 미소가 걸려 있었다.

7장
행방(行方)

風神徐潤

풍신서윤

대륙상단에 서윤이 왔으나 그 사실을 아는 사람은 설군우와 설궁도, 설시연 단 셋뿐이었다. 설군우의 부인인 연 씨도 모를 정도로 셋은 비밀 유지에 굉장히 신경 썼다.

서윤은 연무장 쪽 숙소에서 지냈다. 그쪽은 설시연 외에는 찾는 사람이 거의 없는 곳이기에 존재 자체를 숨겨야 하는 서윤에게는 최적의 장소라 할 수 있었다.

설시연은 주변의 눈치를 보며 빠른 걸음으로 연무장 쪽으로 향했다.

그녀의 손에는 먹을 것 몇 가지가 들려 있었는데 함께 식사를 하지 못하는 서윤을 위한 음식이었다.

매일같이 연무장을 드나들며 요깃거리를 챙겨가던 설시연이었기에 양이 조금 늘었다 해도 다른 이들의 의심을 피할 수 있었다.

연무장으로 향하는 설시연의 표정은 밝았다.

항상 같이 있을 수는 없지만 연무장에 가 있는 동안에는 다른 사람들의 눈을 걱정할 것 없이 서윤과 함께 있을 수 있었다.

그렇다 보니 설궁도로부터 몇 차례 표정 관리에 대한 지적을 받은 그녀였다.

연무장에 들어선 설시연은 주변을 한 번 둘러보고는 곧장 연무장 한쪽에 있는 숙소로 향했다.

"배고프죠? 조금 늦었……."

문을 열자마자 말을 하던 설시연은 숙소가 텅 비어 있자 의아한 표정을 지었다.

"뭐야, 어디 간 거지?"

서윤으로부터 어디에 다녀올 거란 이야기를 듣지 못했던 설시연은 당황한 기색으로 좁은 숙소 곳곳을 살펴보다가 아쉬운 표정을 지은 채 한쪽에 있는 침상에 걸터앉았다.

그 시간 서윤은 대륙상단과 가까운 곳에 나와 있었다.

인근 골목으로 들어간 서윤은 인적이 없는지 살피더니 입을 열었다.

"나와도 되오."

그러자 그의 앞에 봉황곡 살수가 모습을 드러냈다.

"오랜만이오."

"그렇군. 보아하니 대륙상단 내에서도 당신이 있는 걸 아는 사람이 거의 없는 것 같던데. 불편하겠소."

봉황곡 살수의 말에 서윤이 미소를 짓더니 고개를 저었다.

"불편할 게 뭐 있겠소. 오히려 난 조용히 틀어박혀 있는 게 편하오."

"그런가."

짧은 안부를 주고받은 뒤, 봉황곡 살수가 본론을 꺼냈다.

"하오문에 갔던 건 어떻게 되었소?"

"자세한 정보는 아직 얻지 못했소. 그래도 일단 곡주가 살아 있는 것으로 파악되었다고 했소."

서윤의 말에 살수의 표정이 조금 밝아졌다.

"어디로 갔는지는 모르는 거요?"

"아직은. 데려간 사람에 대한 조사가 좀 더 진행되어야 한다고 하더이다. 정보가 들어오는 대로 계속해서 알려주기로 했소."

서윤의 대답에 살수가 아쉽다는 표정을 지었다. 하지만 살아 있다는 것이 확인된 것만으로도 다행이었다.

"호걸개 장로와 허문 영감은?"

"둘 다 살아 있는 것 같소. 가까운 곳에 있다고는 하는데 어디에 있는지 정확한 것을 알려주지는 않았소."

"흠……."

서윤의 말에 살수가 인상을 찌푸렸다. 살아 있고 가까운 곳에 있다면 그곳이 어디인지 알려주지 않을 이유가 없었다.

"그것도 나중에 알려준다고 하오?"

"그렇소."

"둘 다 이거나 둘 중 한 명의 신변에 이상이 생겼을 수도 있소. 온전치 못한 상태에서 어디 있는지 드러나면 위험할 수 있으니까."

"나도 그런 생각은 해봤소. 어쨌든 무슨 연유가 있으니 그런 거라 생각하고 일단은 기다리고 있는 중이오."

"역시 기다리는 것밖에는 답이 없는 건가……."

"일단은."

"그렇군. 알겠소. 그럼 이제 우리는 뭘 하면 되오?"

"중원 곳곳의 소식을 좀 모아주시오. 어디서 어떤 움직임이 있는지. 소문 같은 거라도 좋소."

서윤의 부탁에 살수가 인상을 찌푸렸다.

"그런 거라면 하오문에서 다 알 수 있을 텐데."

"하오문에서는 사소한 것 하나까지도 다 돈이더군. 아마 궁금한 걸 다 들으려면 대륙상단도 휘청할 거요."

서윤의 말에 살수가 살짝 미소를 지었다.

"아, 황보세가와 팽가에서 섬서성 쪽으로 병력을 보냈다 하오. 알고 있소?"

살수의 물음에 서윤이 고개를 끄덕였다. 대륙상단에 온 후 설시연으로부터 들었던 이야기 중 하나였다.

"황보세가에서는 가주가 직접 움직였다고 하오. 얼마 후면 도착할 거요."

"종남파에 대한 지원이겠군."

"그럴 거요. 저들이 왜 종남을 공격하지 않는지는 모르겠지만 아직까지는 무사하니까."

서윤이 고개를 끄덕였다.

문파 내의 배신자를 색출해 내면 어쩔 수 없이 전력이 약해질 수밖에 없지만 그래도 멸문을 하는 것보다는 약한 전력이라도 남아 있는 것이 나았다.

'종남파를 쉽게 공격하지 못하는 건 내부에 있는 배신자들의 활동이 원활하지 못하다는 뜻이기도 하겠지.'

"가봐야겠소. 누이가 알면 경을 칠거요."

서윤의 말에 살수가 장난기 섞인 표정으로 말했다.

"벌써부터 잡혀 살면 나중에 가서 고달플 거요."

"잡혀 살다니."

서윤이 살짝 당황해하자 살수가 껄껄 웃고는 그 자리에서 사라졌다.

그에 작게 한숨을 쉰 서윤이 대륙상단 쪽으로 걸어가며 중얼거렸다.

"정말 나중에 가서 고달프려나."

대륙상단으로 돌아온 서윤은 설시연에게 한참 동안 잔소리를 들어야 했다. 아무 말도 없이 사라졌다가 돌아왔으니 서윤도 군말 않고 잔소리를 들었다.

하지만 잔소리가 점점 길어지자 얼른 한쪽에 있는 음식들을 먹으며 화제를 돌리려 했다.

음식이 맛있다느니 딱 자신의 입맛이라느니 하며 말을 돌리자 그제야 설시연도 잔소리를 멈추고 서윤이 식사하는 것을 지켜보았다.

서윤이 식사를 마치는 것까지 지켜본 설시연이 주변을 정리하며 물었다.

"도대체 어디까지 갈 거예요?"

"네?"

"무공 말이에요. 지난번에 보니까 더 강해진 것 같던데. 사람이 어떻게 그럴 수 있죠?"

설시연은 첫날 밤 보았던 서윤의 움직임을 떠올리며 혀를 내둘렀다. 그간의 노력으로 실력이 많이 성장했다고 생각했는데 격차는 오히려 더 벌어져 있는 것 같았다.

"경험이 늘었으니까요. 죽을 고비도 넘겼고. 항간에 죽을 고비를 넘기면 그만큼 사람이 강해진다더니 정말 그렇더라고요."

덤덤하게 말하는 서윤을 보며 설시연은 안쓰러운 마음이 들었다.

어쩌면 부모님과 함께 평범하게 살고 있어야 할 그가 지금 이렇게 중원 무림의 운명을 다 짊어진 사람처럼 살아가고 있는 모습이 안타깝게만 느껴졌다.

"어차피 하오문에서 연락오기 전까지는 할 게 없는 거죠?"

"네."

"그럼 무공 수련이나 좀 도와줘요. 낮에는 사람들 눈에 띌 수 있으니 밤에."

"제가 누굴 가르쳐 주고 할 정도는 아니라는 생각이지만 그렇게 하겠습니다."

"좋아요."

설시연이 환하게 웃었다.

"아, 동을 좀 불러다 줄 수 있겠습니까?"

"동을요? 왜요? 어디 아파요?"

동을 찾는 서윤을 보며 설시연이 걱정스러운 표정으로 물었다. 그녀의 호들갑에 서윤이 미소를 짓고는 고개를 저었다.

"물어볼 것이 몇 가지 있어서 그럽니다."

"아무도 알게 하지 말라더니 만나도 괜찮겠어요?"

"함구하도록 시키죠. 그리고 어차피 종조부님 곁에서 거의 떨어지지 않으니까."

"알았어요. 불러 올게요."

그렇게 말한 설시연이 숙소를 벗어나 설백의 방으로 향했다.

잠시 후 설시연이 동을 데리고 숙소로 돌아왔다.

잠깐 보자는 그녀의 말에 따라나선 동은 그녀가 자신을 이곳으로 데려오자 의아한 표정을 지었다.

숙소 문이 열리고 그 안에 있는 사람을 본 동은 잠깐 놀라는 듯하더니 이내 평소와 같은 표정과 말투로 서윤을 맞았다.

"오랜만이군요. 아픈 데는 없어 보이십니다."

설군우나 설궁도 같은 반응이 나오지 않자 서윤이 재미없다는 표정을 지었다. 하지만 그것도 잠시 반갑게 웃으며 입을 열었다.

"오랜만입니다."

서윤 역시 동에게 짧게 인사하고는 설시연을 쳐다보았다.

"누이, 잠깐 자리 좀 비켜주십시오."

"자리를요? 왜요?"

"긴히 할 얘기가 있어서 그럽니다."

"무슨 얘긴데요."

"나중에 말씀 드릴 테니 일단 지금은 자리를 좀 비켜 주십시오."

서윤의 부탁에 설시연은 두 사람을 번갈아 바라보더니 고개를 끄덕이고는 밖으로 나갔다.

설시연이 나가자 서윤은 밖으로 소리가 새어나가지 않도록 기막을 펼쳤다.

"내 상태를 한 번 살펴봐 주었으면 해서 불렀습니다."

"어디가 안 좋은 겁니까?"

동의 물음에 서윤이 고개를 저었다.

"그런 건 아니고. 사실 상단전을 열었습니다."

서윤의 대답에 놀란 표정을 지은 동이 웃으며 축하의 말을 전했다.

"축하드립니다. 상단전을 여는 게 쉬운 일이 아니었을 텐데."

"힘들었지요. 하지만 마냥 좋아할 일도 아닌 것 같습니다."

서윤의 표정이 썩 밝지만은 않자 동은 무슨 일이 있었다는 것을 느끼고는 가만히 그를 쳐다보았다.

"사실, 죽을 위기에 처했을 때 저를 살려준 분이 있습니다. 그분 덕분에 상단전을 열 수 있었죠."

"그게 누굽니까?"

"마의."

서윤의 입에서 마의라는 이름이 튀어나오자 동은 다시 한 번 놀랐다. 실종되었던 서윤을 다시 마주했을 때보다 더 놀라는 듯했다.

"마의라니. 그 사람을 만났단 말입니까?"

"그렇습니다."

"설마 그럼……."

동의 말에 서윤이 고개를 끄덕였다.

"마의의 침술로 상단전을 열었습니다. 그런데 허문 영감이 그러더군요. 강제로 상단전을 열게 되면 부작용이 올 수 있다고."

"저도 경험이 많은 것은 아니지만 이론적으로는 그렇습니다. 혹시 부작용으로 생각되는 증상 같은 걸 느끼신 겁니까?"

"아니, 아직은. 하지만 혹시 모르니 한 번 살펴봐 달라는 의미에서 부른 겁니다."

"알겠습니다. 사실 증상이 나타나지 않으면 겉으로 살펴도 알 수 있는 것이 많지는 않습니다만 한 번 살펴보겠습니다."

동이 서윤의 맥을 짚고는 몇 가지 간단한 검사를 진행했다. 별일 없을 거라 생각하고 지냈지만 막상 검사를 받으려니 괜히 긴장되는 서윤이었다.

"특별히 이상이 있는 것 같지는 않습니다."

잠시 몇 가지 검사를 해본 동이 걱정 말라는 듯 말했다. 그에 서윤은 안심하며 고개를 끄덕였다.

"종조부님의 상태는 좀 어떻습니까?"

"똑같습니다. 몸은 정상이지만 깨어나지 못하고 계시는 상태로."

"곧 허문 영감을 모셔올 수 있을 겁니다."

서윤의 말에 동이 가만히 고개를 끄덕였다.

*　　　*　　　*

종남산과 멀지 않은 곳.

드넓게 펼쳐진 평야에 한 무리의 사람들이 흉흉한 기세를 뿜으며 어딘가를 노려보고 있었다.

당장에라도 먹잇감을 향해 달려들 것만 같은 맹수와도 같은 기질을 뿜어내고 있는 자들의 앞에는 화산파를 멸문의 길로 이끈 자, 담천이 서 있었다.

담천의 표정에는 변화가 없었다.

표정 없는 얼굴과 무심한 눈빛으로 저 멀리 우뚝 솟아 있는 종남산을 바라보고 있을 뿐이었다.

"모두 가면을 착용하도록."

그렇게 말하며 담천도 손에 들고 있던 가면을 착용했다.

악귀 아니, 아수라의 얼굴을 본떠 만든 가면이었다. 담천이 가면을 착용하자 그의 뒤에 있는 수하들도 하나둘씩 같은 가면을 썼다.

가면을 쓰자 그들의 전신에서 마치 악귀와 같은 기운이 꾸물거리며 흘러나오는 것 같았다.

"수라마대(修羅魔隊). 진격하라."

"키키키!"

담천의 명령에 대원들이 요란한 소리를 내며 일제히 종남산을 향해 달려갔다.

마교 제일전투부대, 수라마대.

아수라 가면을 착용한 그들의 진짜 모습이 중원에 처음 나타나는 순간이었다.

"모두 물러서지 마라!"

"흩어지지 마라!"

"으악!"

"컥!"

곳곳에서 주변을 독려하는 목소리와 비명이 뒤섞여 퍼져 나갔다. 하지만 이내 비명 소리가 주변의 소리를 뒤덮을 정도가 되었다.

종남파는 말 그대로 쑥대밭이었다.

폭풍처럼 밀고 들어오는 수라마대의 악랄한 공격 앞에 종남파는 속수무책으로 밀릴 수밖에 없었다.

문파의 정문이 뚫린 지는 오래.

외원에서 어떻게든 적들을 막아 보려 했으나 한껏 오른 수라마대의 기세를 꺾을 수가 없었다.

하나하나가 강한 기도를 뿜어내고 있었지만 그중에서도 선봉에 선 자, 담천의 위력은 상상을 초월했다.

그가 보이는 무위는 화산파를 칠 때와는 또 달랐다.

말 그대로 압도적인 무위.

그가 휘두르는 검을 제대로 받아낼 수 있는 종남파 제자는 아무도 없었다.

담천은 걷고 있었다.

이따금 검을 휘두를 뿐이었다.

아무렇게나 휘두르는 눈먼 검처럼 보였지만 그의 검을 아무도 피하지 못했다.

실로 어마어마한 무위를 몇 차례 보이자 종남파 제자들 중 담천에게 달려들려는 자는 아무도 없었다.

호랑이 앞에 선 늑대의 기분이 그러할까.

명문 정파의 제자라는 자부심은 죽음의 공포 앞에 무용지물이었다.

장로들을 비롯한 문파 수뇌들이 끊임없이 제자들을 독려했으나 소용이 없었다.

한 번 꺾인 기세는 되살릴 수가 없었다.

그러다 보니 외원이 무너지는 건 순식간이었다.

내원까지 밀린 종남파.

문주를 비롯한 종남의 정예들이 결사항전의 자세로 맞섰으나 거대하게 밀려오는 파도 앞의 모래로 만든 둑에 불과할 뿐이었다.

그 와중에 종남파 장문인인 전백광(全伯廣)만이 홀로 고군분투하고 있을 뿐이었다.

그 홀로 수라마대 대원 셋을 상대하고 있었는데, 그 기세 좋던 대원들도 전백광의 노기 섞인 공격은 섣불리 당해내지 못하고 있었다.

전백광이 펼치는 공격 하나하나에는 절박함과 좌절감, 분노와 슬픔이 모두 담겨 있었다.

무림맹으로부터 받은 전갈로 배신자가 있다는 걸 알았을 때 느꼈던 분노와 슬픔, 그리고 지금 이 순간 절대로 멸문만은 막아야 한다는 절박함.

마지막으로 말도 안 되게 강한 적들이 가져다준 좌절감.

전백광은 거의 악에 받쳐 검을 휘두르고 있었다.

그가 세 명의 수라마대 대원에게 붙잡혀 있는 사이 나머지 장내는 거의 정리가 된 상태였다.

그때였다.

전백광의 검에 수라마대 대원 한 명이 목숨을 잃었다.

몸과 분리되어 떨어진 목이 데굴데굴 굴러 담천의 발치까지 굴러왔다.

그를 본 담천이 인상을 찌푸렸다.

그러고는 여전히 검을 휘두르고 있는 전백광을 바라보며 짧게 말했다.

"죽여라."

그러자 수라마대 대원들이 일제히 전백광을 향해 달려들었다.

족히 쉰 명은 되어 보이는 인영이 새까맣게 달려들어 전백광을 둘러쌌다.

"으아아아아!"

전백광이 괴성을 지르며 검을 휘둘렀다.

하지만 수라마대 대원들은 그의 검을 이리저리 피하며 그의 몸에 자상을 하나씩 새기고 있었다.

살을 베는 소리가 수차례 들렸다.

그에 전백광의 입에서 연이어 비명이 터져 나왔다.

그렇게 잠시의 시간이 지나자 온몸을 난도질당한 채 쓰러져 있는 전백광의 모습만 남아 있을 뿐이었다.

"불을 질러라."

담천의 말에 수라마대원들이 뿔뿔이 흩어져 종남파 곳곳에 불을 지르기 시작했다.

그리고 잠시 후, 종남파 전체가 화염에 휩싸였다.

담천은 가면을 쓴 채 그 광경을 물끄러미 바라보고 있을 뿐이었다.

"대주님."

그때 대원 한 명이 담천을 불렀다.

"알고 있다. 놔둬. 이제는 우리의 정체를 숨길 필요 없다. 쥐새끼 한 명 정도는 보내 줘야 온 천하가 우리의 존재를 알게 될 테니."

담천의 말에 대원은 말없이 고개를 숙이고는 물러났다.

"이만 철수한다."

담천의 명령에 수라마대 대원들이 일제히 종남파를 빠져나갔다.

그들의 뒤로는 화염에 휩싸인 건물들이 무너져 내리는 소리만 간간히 들릴 뿐이었다.

빠르게 종남산을 내려오는 이는 다름 아닌 봉황곡 살수였다.

서윤의 부탁으로 이런저런 것들을 조사하던 중 종남파의 일을 알게 되었고 두 눈으로 수라마대를 직접 목격하게 되었다.

'어서 알려야 한다!'

살수는 펼칠 수 있는 최대한의 경공을 펼쳐 서안으로 향했다.

충격적인 소식이 또다시 퍼져 나갔다.

화산파에 이어 종남파 역시 멸문의 길을 걷게 되었다는 소식이었다.

종남파의 습격은 이미 예고된 일이었다. 다만, 언제가 될지 그 시기가 문제였을 뿐이다.

하지만 아무런 낌새도 없던 때에 갑작스럽게 공격이 이뤄졌고 종남파도 버티지 못하고 무너져 버렸다.

불과 얼마 되지 않아 구파를 대표하고 섬서성을 대표하는 거대 문파 두 곳이 멸문당한 것이다.

더욱이 종남파를 돕기 위해 황보세가와 팽가에서 보낸 지원 병력이 오고 있는 중이라 더욱 안타까웠다.

시기가 조금만 더 늦었더라도 멸문까지는 당하지 않았을

것이라는 안타까움이 더해져 그 충격은 배가 되었다.

*　　　*　　　*

"수라마대라……."

서윤은 자신을 찾아온 살수로부터 종남파를 공격한 자들이 수라마대라는 것을 전해 들었다.

"그 정도 무력이란 말인가."

"상상을 초월하는 무위였소."

살수의 목소리는 떨리고 있었다. 그가 직접 목격한 수라마대의 모습은 말 그대로 아수라를 연상시킬 정도였다.

"오십 명 남짓한 인원으로 종남파를 멸문시켰다. 아무리 내부에 배신자가 있었다지만 그 정도 인원으로 구파 중 한 곳을 끝장낼 수 있다니."

서윤도 놀라지 않을 수가 없었다.

만약 살수가 말한 수라마대의 무위가 조금의 과장도 없는 것이라면 생각했던 것보다 적들이 강하다는 뜻이었다.

"미치겠군."

서윤이 중얼거렸다. 그때, 서윤이 있는 연무장 숙소 쪽으로 누군가가 다가오는 기척이 들렸고 봉황곡 살수는 황급히 몸을 숨겼다.

문이 열리고 모습을 드러낸 사람은 설시연이었는데 표정이 상당히 상기되어 있었다.

"왔어요."

"누가 왔단 말입니까?"

"하오문에서 사람이 왔어요."

서윤의 눈동자가 흔들렸다. 그러자 몸을 숨기고 있던 봉황곡 살수가 모습을 드러냈다.

아무도 없는 줄 알았던 숙소에 갑자기 누군가가 나타나자 설시연은 깜짝 놀랐다.

아무런 기척도 느낄 수 없었던 것이다.

"너무 놀라지 마십시오. 봉황곡 사람입니다."

서윤의 설명에 설시연은 말없이 고개를 끄덕이고는 살수를 힐끗 쳐다보았다.

"하오문에서 사람이 왔다는 건 곡주의 소식도 가져왔다는 것 아니겠소?"

"그것까지는 모르오. 가서 만나 봐야겠지. 이곳에 잠시 계시오. 금방 다녀오겠소."

그렇게 말한 서윤이 설시연과 함께 하오문 사람이 기다리고 있는 곳으로 향했다.

하오문에서 온 사람은 접객실에 있었다.

화려하게 치장한 기녀일 줄 알았는데 깔끔한 무복을 입은
사내였다.

서윤과 설시연, 그리고 설군우가 접객실로 들어서자 하오문
사람이 자리에서 일어나 그들에게 고개를 숙였다.

"지부장님의 명으로 얻고자 하시던 정보를 가져왔습니다."

그렇게 말하며 사내가 품에서 두툼한 종이 뭉치를 꺼냈다.

서윤은 자리에 앉아 그것을 받아 바로 펼쳐 보았다.

우선, 봉황곡주를 데려간 사람은 귀살각(鬼殺閣) 쪽 사람인 것
같습니다. 흔적을 뒤쫓던 우리 쪽 사람 몇 명이 당했는데 그 수법
이 과거 악명을 떨쳤던 귀살각의 수법과 비슷합니다.

귀살각 사람의 소행인 것은 거의 확실하지만 어디로 데려갔는
지는 끝내 알아내지 못했습니다.

하지만 귀살각은 과거 멸문지화를 당한 곳입니다.

그들 중 생존자가 그를 이어 받아 명맥을 이어간 것인지 아니
면 귀살각의 무공 몇 가지만 다른 곳으로 전해진 것인지는 확실치
않습니다.

만약 귀살각이 회생한 것이라면 자칫 엄청난 피바람이 닥칠 수
도 있습니다. 아직 아무것도 확실한 것이 없다지만 조심해서 나
쁠 것은 없을 듯합니다.

호걸개 장로와 허문 영감은 오늘 만나게 해드리겠습니다. 자정

에 저희 홍루 뒷문으로 오십시오.

비연의 서찰과 함께 나머지 종이에는 귀살각에 대한 내용이 빼곡하게 적혀 있었다. 어떤 문파였고 어떤 특징이 있으며 어떻게 하여 멸문지화를 당했는지 등.

서윤은 귀살각에 대한 내용이 적힌 종이는 가볍게 한 번 훑고 말았다.

대신 서찰의 마지막 부분에서 시선을 떼지 못했다.

'자정에 홍루 뒷문으로 와라. 이게 무슨 뜻인가. 설마 그들이 데리고 있었던 건가?'

서윤이 인상을 찌푸렸다. 가까운 곳에 있다던 그녀의 말과 지금 서찰의 내용으로 보아 거의 확실한 듯했다.

"잘 받았소. 나머지 이야기는 직접 지부장을 만나 듣겠소."

"알겠습니다."

짧게 대답한 하오문 사람이 돌아가자 설시연이 물었다.

"귀살각은 처음 들어요."

"저도 잘 모르겠습니다. 일단 지부장이 보내온 이 내용만 보면 굉장한 곳인 것 같습니다."

두 사람의 대화에 설군우가 입을 열었다.

"내가 아는 것보다 거기에 적혀 있는 게 더욱 자세하겠지만 귀살각은 약 삼십 년 전에 멸문한 문파다. 살수 집단은 아니었으나 살수와 비슷한 무공을 지닌 곳이었지. 규모는 크지 않았으나 그 어느 문파도 귀살각을 무시하지 못했을 정도였으니."

"만약 그런 곳이 다시 일어났다면 큰일이네요."

설시연의 말에 서윤이 가만히 고개를 끄덕이다가 다시 입을 열었다.

"아무래도 호걸개 장로와 허문 영감은 하오문에 있는 것 같습니다."

"하오문에?"

"예. 지난번에 비연을 만났을 때 가까운 곳에 있다고 했습니다. 그리고 오늘 보내온 서찰에는 자정에 홍루 뒷문으로 오면 만날 수 있다고 적혀 있습니다. 그걸 보면 하오문에서 숨겨 준 것이 아닌가 합니다."

"흠… 그렇다면 애초에 우리한테 숨길 이유가 없지 않았겠느냐?"

"왜 숨겼는지는 모르겠습니다. 어쩌면 호걸개 장로나 허문 영감의 요청이 있었을지도 모르죠. 개방에서도 찾고 있으니. 어쨌든 오늘 자정에 가보면 모든 것을 알게 될 겁니다."

"그렇겠지. 후… 드디어 아버지를 치료할 수 있겠구나."

설군우가 다행이라는 듯 중얼거렸다. 설시연 역시 이제 희망이 보인다는 생각 때문인지 약간 들뜬 것처럼 보였다.

하지만 서윤은 왠지 모르게 조금 불안한 마음이 들었다.

마치 감도생으로 변장한 폭렬단주와 처음 만났을 때처럼. 하지만 서윤은 어떤 일이 있더라도 그때처럼 당하지는 않을 거라 각오를 다지며 애서 불안감을 몰아내었다.

자정이 되고 서윤과 설시연은 은밀하게 홍루 쪽으로 향했다.

다른 곳은 이미 하루를 마감했을 시간이지만 홍등가는 가장 활발할 시간이었다. 그러다 보니 서윤과 설시연으로서는 그런 곳에 또 간다는 것 자체가 곤욕이었다.

하지만 호걸개 장로와 허문 영감을 찾는 것이 급선무였기에 곤욕스러움을 뒤로한 채 걸음을 재촉했다.

홍루 뒷문 쪽에 다다르자 비연이 마중 나와 있었다.

"오셨습니까?"

"두 분은 어디 있소?"

인사도 제대로 받지 않고 두 사람의 행방부터 묻는 서윤을 보며 비연이 미소와 함께 말했다.

"급하시군요. 따라 오십시오."

비연이 뒷문을 열고 안으로 들어갔다. 그에 서윤과 설시연은 지난번 방문을 떠올리며 마음의 준비를 하고 뒤따라 들어갔다.

지난번처럼 교성이 들릴 것이라는 예상과 달리 뒷문 안쪽
은 조용했다.

비연의 뒤를 따라 조금 더 들어가고 단 뒤에야 서윤은 이곳
이 정문으로 들어가면 나오는 그 공간과는 전혀 다른 공간이
라는 것을 알아차렸다.

'비밀 공간이 있었단 말이지.'

서윤이 주변을 훑었다. 나무나 돌이 아닌 철로 벽을 세운
것이 밖에서는 그 어떤 기척이나 소리도 들을 수 없을 것 같
았다.

그렇게 한참을 들어가자 조금 밝은 공간이 나왔다.

유등이 공간을 밝히고 있었고 그곳에는 호걸개와 허문이
있었다.

그런데 호걸개는 큰 부상을 입었었는지 아직은 온전치 못
한 몸 상태로 누워 있었다.

"이곳에 계셨습니까."

서윤이 두 사람을 보며 다행이라는 듯 물었다. 허문도 서윤
의 얼굴을 보니 조금 마음이 놓이는 듯 표정이 풀리는 것 같
았다.

"사정이 그렇게 되었네. 여기 있는 호 장로가 날 살리려다가
큰 부상을 입었지. 이분들의 도움이 아니었다면 우리는 벌써

죽었을 것이네."

"전부 호 장로의 기지지요. 이곳으로 찾아올 생각을 하다니."

허문의 말에 비연이 겸손하게 대답했다.

서윤은 침상에 누워 있는 호걸개에게 다가갔다. 그러고는 덤덤하게 입을 열었다.

"많이 불편해 보입니다."

"그래도 많이 나아진 거라오. 조금 더 지나면 완치될 것이오."

"하지만 시간이 많지 않습니다. 종남파도 당했습니다."

서윤의 말에 호걸개가 눈을 부릅떴다. 몸이 성치 않아 통증이 있음에도 불구하고 움찔할 정도로 충격적이었다.

"하……."

호걸개가 깊은 한숨을 쉬었다. 이 모든 것이 자신 때문인 것 같아 마음이 무거웠다.

"개방에서 찾고 있습니다."

"알고 있소. 그들의 눈을 피하고자 이곳에 온 거니까."

"습격한 자들이 누구였습니까?"

서윤의 물음에 호걸개는 가만히 눈을 감았다. 파르르 떨리는 그의 눈꺼풀에서 충분히 지금 그의 심정을 느낄 수 있었다.

"사문의 공격을 받는 것이 이런 기분이라는 걸 처음 느꼈지."

마음을 다스린 호걸개가 최대한 담담하게 답했다. 하지만 그의 목소리에는 숨길 수 없는 슬픔과 분노가 담겨 있었다.

각 문파에 배신자가 있다는 걸 알고 있던 그였다.

그리고 개방에도 배신자가 있다는 걸 잘 알고 있었다. 하지만 알고 있는 것과 직접 겪는 것은 다가오는 느낌부터 차원이 달랐다.

그런 일을 겪었으니 마음이 격해지는 것은 어쩔 수 없는 일이었다.

"일단 이곳에서 나갑시다. 종조부님의 치료도 더 이상은 미룰 수 없으니."

"미안하지만 나 좀 부탁하겠소."

호걸개의 말에 서윤이 고개를 끄덕이고는 그를 업었다.

들어온 뒷문으로 나가자 비연이 준비해 놓은 마차가 대기하고 있었다.

"고맙소."

"아닙니다. 앞으로 자주 찾아달라는 의미에서 특별히 무료로 해드리는 겁니다."

그렇게 말하며 비연이 미소를 지었다. 그에 서윤은 입을 굳게 다문 채 고개만 몇 번 끄덕이고는 마차에 올랐다.

네 사람이 모두 마차에 오르자 마부가 대륙상단으로 출발
했다.

　우여곡절 끝에 설백의 치료가 시작될 수 있었다.

8장
정체(正體)

風神 徐閏

풍신서윤

허문 영감이 대륙상단에 도착했다.

설군우는 버선발로 뛰어나가 그를 맞이했고 연신 감사하다는 말을 했다.

그에 허문은 인자한 미소를 지은 채 고개를 끄덕일 뿐이었다.

허문이 대륙상단에 도착한 다음 날.

아침 식사를 마친 허문은 설백의 방을 찾았다. 그곳에는 동이 있었는데 허문을 보자마자 공손하게 인사했다.

동을 본 허문은 눈을 빛냈다.

"지금까지 아버지를 치료하던 사람입니다. 아직 젊지만 실력이 상당합니다."

"그렇습니까?"

설군우의 말에 짧게 대답한 허문이 동에게 시선을 돌렸다. 그러고는 잠시 쳐다보다가 그에게 물었다.

"누구에게 사사했느냐?"

"스승님의 함자는 지(池) 씨 성에 이름은 무외(無畏)를 쓰십니다."

동의 말에 허문이 눈을 빛냈다.

"오호. 무외의 제자였더냐?"

"그렇습니다."

"무외는 내 사제가 된다. 젊었을 때부터 괴짜 기질이 있던 아이였지. 지금도 그러하느냐?"

"제자 입장에서 어찌 스승을 괴짜 같다 하겠습니까?"

"허허. 하긴. 그래도 그 성정이 어디 갔겠느냐. 지금은 어디 있는지 모르겠지?"

"예."

"그럴 게야. 그 아이는 어느 한 곳에 머무는 걸 싫어했지. 배움이 끝났다 싶은 때가 되자 가장 먼저 뛰쳐 나간 것이 그 아이였다."

허문은 동을 만나 진심으로 반가워하고 즐거워하고 있었다.

"내 이름은 허문이라 한다. 네 스승에게서 이 이름을 들어 본 적이 있더냐?"

"송구하지만 없습니다."

"그럴게다. 그 아이는 이 이름을 모르니까."

허문의 말에 설군우가 슬쩍 그를 쳐다보았다.

"허문이라는 이름은 관직에 들기 위해 사용한 이름일 뿐 본 명이 아니다. 그럼 혹시 태사현(太師晛)이라는 이름은 들어본 적이 있느냐?"

허문의 물음에 동이 깜짝 놀라 고개를 들어 그를 바라보았 다.

"의선을 뵙습니다."

동의 한 마디에 설백의 방에 있던 설군우를 비롯해 설시연 과 설궁도가 깜짝 놀랐다.

반면 서윤은 생각보다 놀라지 않았는데 어렴풋이 그의 정 체를 짐작하고 있었기 때문이었다.

"의선은 과거 사람들이 붙여주었던 이름일 뿐이니라. 그냥 사백이라 부르거라."

"예, 사백."

동의 대답이 끝나자 놀라서 아무 말도 못 하고 있던 설군우 가 물었다.

"저, 정말 의선이십니까?"

"제 입으로 저를 의선이라 칭하는 것만큼 부끄러운 일이 없습니다. 하지만 사람들이 저에게 의선이라는 별호를 붙여준 것은 맞습니다."

허문, 태사현의 입으로 직접 확인을 받자 설군우는 어떻게 반응해야 할지 몰랐다.

기쁘기도 하고 떨리기도 하고 어안이 벙벙하기도 하여 어떤 감정을 표현할 수가 없었다.

그 누가 생각이나 했겠는가. 의선이 어의일 것이라고.

"지난번에 왔을 때에 아니라고 했던 것은 이해해 주십시오. 그때에는 관직에 얽매인 몸인지라 그럴 수밖에 없었습니다."

태사현의 말에 설군우가 손사래를 쳤다.

"개의치 마십시오. 이렇게 와 주신 것만으로도 감사할 따름입니다."

설군우의 말에 미소와 함께 고개를 끄덕인 태사현이 설백의 곁에 앉았다.

"지금까지 네가 치료를 맡았었다니 이야기를 한 번 들어보자꾸나."

태사현의 말에 동이 입을 열었다.

"현재 몸 상태는 정상입니다. 무인으로서의 삶은 이 이상 어렵겠지만 일반인과 비슷한 건강을 찾은 상태입니다. 다만 아직까지 의식을 찾지 못하고 있는 건 어떤 대법이나 금제에 의한 것이 아닌가 싶습니다."

동의 대답에 태사현이 눈을 한차례 빛내고는 품에서 무언가를 꺼냈다.

서윤이 가져다준 마의가 보낸 서찰이었다.

"이것을 읽어 보거라."

태사현이 건넨 서찰을 받아 든 동이 차분하게 그 내용을 읽었다. 하지만 거기에 적힌 내용은 차분히 읽을 수 있는 성질의 것이 아니었다.

"이것은……."

"그래. 마의가 보낸 것이다. 네 예상대로 검왕의 상태는 대법이나 금제에 의한 것이다. 지금까지 네가 지켜본 바로는 그중 무엇인 듯싶으냐?"

태사현의 물음에 동이 다시 한 번 서찰을 읽어 보았다. 한참을 읽던 동이 이내 입을 열었다.

"단혼금제대법(斷魂禁制大法)이 아닌가 싶습니다."

"그래?"

되물은 태사현이 설백의 상태를 살폈다. 한참 동안 그의 상태를 살피던 태사현이 고개를 끄덕였다.

"내 생각에도 단혼금제대법이 맞는 듯하구나. 이 중에서 금제를 풀기가 가장 까다로운 것이야. 네 도움이 많이 필요하겠구나."

"알겠습니다."

동의 대답을 들은 태사현이 설군우에게 말했다.

"오래 걸릴 것입니다. 그만큼 금제를 푸는 것이 굉장히 어렵습니다."

"알겠습니다."

"이곳을 드나드는 것은 최대한 자제해 주십시오. 필요하면 이 아이를 보내겠습니다."

"그렇게 하겠습니다."

설군우에게 다짐을 받은 태사현은 곧장 검왕에게 걸려 있는 금제를 풀기 위한 작업에 들어갔다.

설백의 방에서 나온 서윤은 사람들의 눈에 띄지 않게 연무장에 있는 숙소로 향했다. 그곳에는 호걸개가 머물고 있었다.

그 역시도 개방의 시선에서 벗어나 있어야 하기에 상단 사람들의 눈에 띄지 않는 공간이 필요했고 연무장의 숙소는 더할 나위 없이 좋은 곳이었다.

숙소에 도착한 서윤은 호걸개의 옆에 앉았다.

밤에 도착해 내내 잠을 잤던 그는 전날보다 조금 더 호전된 모습을 보였다.

의선의 치료를 받았으니 회복 역시 빠른 듯했다.

"몸은 어떻습니까?"

"살 만하오. 마음이 불편한 것만 빼고는."

"불편해하실 것 없습니다. 호 장로님의 잘못이 아니니까요."

"그게 내 마음처럼 안 된다는 건 잘 알고 있지 않소?"

호걸개의 물음에 서윤이 씁쓸한 미소를 지으며 고개를 끄덕였다.

"그동안 조사한 명단을 확인하고 싶은데."

"안 그래도 가져왔습니다."

그렇게 말하며 서윤이 가져온 명단을 호걸개에게 건넸다. 그러자 호걸개도 자신이 가지고 있던 명단을 꺼내 둘을 대조해 보았다.

"거의 똑같군. 몇몇을 제외하고는."

"그렇습니까?"

서윤의 물음에 호걸개가 고개를 끄덕였다.

"내 명단에는 있는데 서 소협 명단에는 없고 서 소협 명단에는 있는데 내 명단에는 없는 사람이 몇 있소. 일단 양쪽 모두에 있는 사람들부터 정리해서 각 문파에 보내는 게 좋겠소. 배신자를 색출해 내는 일이 하루라도 빨리 끝나야 하오."

"알겠습니다. 그건 제가 하지요."

"곧 우리 애들이 올 것이오. 서 소협도 봉황곡 살수들의 도움을 받고 있다고 들었는데."

"그렇습니다. 다만 지난번 일로 숫자가 많이 줄어 가용 인원은 많지 않습니다."

"곡주의 일은 안됐소."

"무사하길 바라야겠지요."

서윤의 말에 호걸개가 말없이 고개를 끄덕였다.

"중복되지 않는 인원들에 대한 조사는 우리 애들과 봉황곡 살수들에게 부탁하는 게 좋겠소. 우리는 지금 마음 편히 움직일 수 있는 상황이 아니니."

"알겠습니다."

서윤도 호걸개의 말에 동의했다.

"황보세가와 팽가에서 얼른 와야 할 텐데."

호걸개가 중얼거렸다. 화산파와 종남파가 멸문한 지금 상황에서 대류상단은 엄청난 위험에 노출되어 있다 할 수 있었다.

태사현이 와 검왕을 치료하고 있다는 걸 적들이 알게 된다면 언제 어떤 일이 벌어져도 이상하지 않은 곳이 바로 대류상단이기 때문이었다.

그렇다면 어느 정도 대비가 필요한데 지금 상황에서는 황보세가와 팽가의 지원군이 하루 빨리 도착하는 것밖에는 답이 없었다.

"들은 이야기로는 하루 이틀 사이로 도착할 것 같다고 합니다. 게다가 이곳은 서안입니다. 황궁과 밀접한 관련이 있는 곳이니 저들도 섣불리 움직이지는 못할 겁니다."

"그렇긴 하겠지. 일단은 기다려 봅시다."

호걸개의 말에 서윤이 고개를 끄덕이고는 두 개의 명단을 들고 숙소를 나섰다.

열흘 정도의 시간이 순식간에 지나갔다.

그러는 사이 호걸개는 어느 정도 걸어 다닐 수 있을 정도로 몸이 호전되었다.

그때부터 서윤과 호걸개는 살수들과 개방 거지들이 모아오는 정보를 바탕으로 배신자들의 명단을 확정하기 시작했다.

"그럼 그렇지. 아무리 그래도 무림맹이나 개방에서 이런 것들을 하나도 모른다는 건 말이 안 돼."

호걸개가 조사 내용들이 적힌 종이를 들여다보며 중얼거렸다. 곳곳에서 정보가 조작된 흔적들이 발견되었고 배신자들이 은밀하게 누군가와 접선했다는 정보들도 속속 입수되었다.

각 문파에는 확실한 명단만 전달했을 뿐 그들을 몰아세울 증거가 상대적으로 부족한 상황이었는데 이제는 어느 정도 구색을 갖춰가고 있었다.

그리고 때마침 황보세가의 지원군이 먼저 서안에 도착했다는 소식이 들려왔다.

황보세가의 지원군은 황보진원이 직접 이끌고 있었다.

아무래도 적들의 기세가 심상치 않은 것도 있었고 직접 대류상단을 찾아 설백의 상태도 살펴보고자 했기 때문이었다.

그것보다 더 큰 이유가 하나 더 있었는데 혹시나 서윤을 만날 수 있지 않을까 하는 마음에서였다.

그 덕분에 황보세가가 닥쳐올 위기에서 한 발 빠르게 빠져나올 수 있었고 다른 세가들 역시 마찬가지였다.

그에 대한 고마운 마음을 전하고자 했다.

서안에 도착한 황보세가의 지원군은 대류상단과 멀지 않은 곳의 객점 몇 개를 빌려 자리를 잡았다.

예전에 비해 서안을 오가는 사람들의 숫자도 많이 줄어든 상태였기에 백 명에 가까운 인원이 객점 두 곳에 나눠 들어갈 수 있었다.

객점이 정해지자 황보진원은 수하 두 명만 대동한 채 곧장 대류상단으로 향했다.

황보진원이 오고 있다는 소식을 미리 들었는지 설군우가 정문 앞까지 마중 나와 있었다.

"어서 오십시오. 오랜만입니다."

"잘 계셨습니까, 상단주? 칠 년 만에 뵙는 것 같습니다."

"벌써 그렇게 되었습니까? 세월 참 빠릅니다."

"빠르지요. 그만큼 우리도 늙었다는 거고요."

"허허. 아직 마음은 청춘인데 갑자기 그 말을 들으니 슬퍼

집니다그려. 자, 안으로 드십시다."

짧은 안부를 주고받은 두 사람이 대륙상단 안으로 들어섰다. 접객실까지 가면서 상단 내를 둘러보던 황보진원이 말했다.

"그간 마음고생이 심하셨겠습니다."

"아무래도 그렇지요. 상단 운영도 예전 같지 않아 고민이 큽니다."

"그래도 대륙상단이니까 이렇게 버티고 있는 것 아니겠습니까? 이미 문을 닫은 표국이나 상단이 제법 됩니다."

황보진원의 말에 설군우가 고개를 끄덕였다.

실제로 규모가 크지 않은 표국이나 상단은 진작 문을 닫은 곳이 제법 되었다.

그 때문에 그들의 후원을 받던 여러 문파들의 재정 상황도 많이 악화되어 있었다.

게다가 이는 대륙상단에도 직간접적인 영향을 주는 좋지 않은 일이기도 했다.

두 사람이 접객실에 도착하자 먼저 와 있는 사람이 있었다.

바로 서윤과 호걸개였는데 황보진원은 놀라기보다는 반가워하며 서윤에게 다가갔다.

황보진원이 오고 있다는 소식에 설군우에게 미리 황보세가에 다녀왔던 일을 귀띔해 둔 서윤이었다.

"오랜만이군. 잘 지냈는가?"

"예. 잘 지냈습니다. 여기까지 오신 것을 보니 세가의 일은 잘 처리되신 듯합니다."

"자네 덕분이네. 처음엔 우리 세가에도 배신자가 있다는 사실이 엄청난 충격이었지만 지금은 많이 극복했지."

그에 서윤은 미소를 지었다. 그러자 황보진원이 호걸개 쪽으로 시선을 돌리며 입을 열었다.

"초면이지만 누군지는 알 것 같군. 개방의 호걸개 아닌가?"

"후배 호걸개가 가주님을 뵙습니다."

"그렇게 예를 차리지 않아도 되네. 그나저나 개방에서 애타게 찾고 있다던데 여기 있었군."

"예. 사정이 그리 되었습니다."

"충격이 클 걸세. 나도 그랬으니까. 하지만 어쩌겠는가. 아픈 곳을 도려내야 새 살도 돋고 더욱 건강해지는 것 아니겠는가?"

"그렇지요."

호걸개의 대답에 황보진원이 말없이 그의 어깨를 두드려 주었다.

"자, 이제 앉으시지요."

설군우의 말에 네 사람이 자리에 앉았다. 곧이어 시비가 차를 내왔다.

"검왕 선배님은 좀 어떠십니까?"

"육체적으로는 문제가 없다고 합니다. 다만……."

"다만?"

"정신적으로 금제가 걸려 있어 아직 의식을 찾지 못하는 거라고 하더군요."

"이런, 마교 놈들이 금제술까지 가지고 있었단 말인가?"

황보진원의 목소리에는 약간의 노기가 서려 있었다. 권법을 사용하는 황보세가는 예전부터 금제술, 독술 등을 탐탁지 않게 여기는 곳이었다.

때문에 사천당가도 썩 달가워하지는 않았으나 그들이 사용하는 독공이 하나의 무공으로 인정받고 정도 무림을 위해 요긴하게 쓰이고 있어 싫어하는 마음을 가지고 있거나 하지는 않았다.

"그래서 방법은 있는 것입니까? 쉽게 깨어나지 못하실 정도면 지독한 금제술인 것 같은데."

"다행이 의선께서 오셨습니다."

"오오!"

의선이라는 말에 황보진원이 굉장히 놀라워했다. 예전부터 대륙상단에서 찾고 있다는 건 알고 있었지만 결국에는 찾지 못할 것이라 생각했던 까닭이었다.

그만큼 의선을 본 사람이 없고 워낙 전설로만 전해져 오는 이야기가 많아 신비로운 인물이었기 때문이었다.

"어떻게 찾으셨습니까?"

"어의 허문 영감이 바로 의선이었습니다."

"어의가? 어의라면 일전에도 다녀갔다는 이야기를 들었는데."

"그때는 관직에 있어 정체를 밝힐 수가 없었다고 합니다."

"허허. 설마 의선이 어의였을 줄이야."

황보진원은 아직도 신선한 충격이 가시지 않았는지 계속해서 상기된 표정을 짓고 있었다.

"방해가 되지 않는다면 한 번 만나 봬도 되겠습니까? 꼭 한번 만나 보고 싶었던 분이라……."

황보진원의 물음에 설군우가 미소를 지으며 답했다.

"아쉽지만 다음을 기약하셔야 할 듯합니다. 대법을 푸는 것이 굉장히 까다로워 가급적 아버지 방에는 들어오지 말라고 하시더군요. 저도 못 본지 꽤 됐습니다."

"그렇다면 어쩔 수 없지요. 지금은 검왕 선배님이 하루 빨리 깨어나시는 게 우선이니."

그렇게 말하며 황보진원이 아쉽다는 표정을 지었다.

"이제 앞으로 어떻게 할 생각인가? 계속 이렇게 살아 있다는 걸 숨기고 있을 수는 없을 텐데."

"종조부님께서 깨어나시면 그때 밝힐 생각입니다. 이왕이면 그 전까지 각 문파와 무림맹에 있는 배신자들도 모두 색출되면 좋겠지요."

"그것도 좋겠지. 하지만 자네를 기다리고 걱정하는 사람들이 아직 많다네. 특히나 자네와 같은 조원이었던 아이들이."

"예……."

황보진원의 말에 서윤이 조원들의 얼굴을 떠올렸다.

어쩌면 자신이 실종되고 지금까지 가장 힘든 사람들일지도 몰랐다.

자신이 그랬던 것처럼 자신의 실종이 자신들 때문인 것 같은 죄책감도 들었을 것이다. 거기에 황보수열의 죽음까지.

그 충격과 죄책감은 이루 말할 수 없었을 것이고 그 힘든 마음을 겨우겨우 이겨내며 버티고 있을 것이다.

그들이 가진 마음의 짐을 덜어줄 수 있는 건 자신이 나타나는 것뿐이라는 걸 잘 알고 있었지만 아직은 때가 아니었다.

'아직은 좀 더 은밀하게 지낼 필요가 있어.'

서윤이 속으로 그렇게 중얼거렸다.

"개방도 얼른 정상화가 되어야 할 텐데. 정도 무림의 눈과 귀가 되어야 할 개방이 제 기능을 못하면 우리가 그만큼 어려워진다네."

황보진원의 말에 호걸개가 씁쓸한 미소를 지으며 고개를 저었다.

"개방은 오히려 좀 더 오래 걸릴 수도 있습니다."

"음? 왜 그러나? 방주님의 성정을 보면 알자마자 단칼에 베어내실 텐데."

"그래서 문제라는 겁니다."

호걸개의 대답에 황보진원이 이해할 수 없다는 듯 그를 쳐다보았다.

"개방 내에서 의심 가는 인물이 몇 있습니다. 그중 한 명이 바로 방주님입니다."

호걸개의 대답에 서윤을 제외한 나머지는 모두가 놀랐다. 방주를 의심하다니. 있을 수 없는 일이었다.

"어째서인가?"

"다른 문파의 조사에 비해 개방을 파헤치는 건 유독 어렵더군요. 장로들 중 한두 명이 배신자라면 이 정도로 어렵지는 않을 겁니다. 오히려 모든 것을 틀어쥐고 꿰뚫어보고 있는 방주이기 때문에 가능하다는 것이 제 생각입니다."

"흠······."

호걸개의 말에도 황보진원은 믿지 못하겠다는 듯한 표정이었다.

"몇 가지 이유가 더 있긴 합니다만 그것은 좀 더 확실해지면 그때 말씀드리겠습니다."

"알겠네."

황보진원은 호걸개의 표정에서 말로 표현할 수 없을 크기의 답답함을 느꼈다.

개방 역사상 최연소 장로에 오른 자.

단순히 무공 실력만으로는 그 자리에 오르지 못했으리라. 명석한 두뇌와 판단력이 있기에 가능한 일이었다.

'믿어야겠지. 개방의 방주가 배신자라면 엄청난 일이군. 힘들겠어. 하지만 만약 방주의 죄를 밝혀내고 몰아낼 수 있다면……'

속으로 그렇게 중얼거리던 황보진원의 시선이 호걸개에게 닿았다.

'후계는 이자가 되는 것인가? 아니, 어쩌면 역대 최연소 방주가 될지도 모르겠군.'

그럴 수도 있겠다는 생각을 하며 황보진원은 가만히 고개를 끄덕였다.

"숙소는 어디로 잡으셨습니까?"

"근처 객점을 빌렸습니다."

"가주께서도요?"

"그렇습니다."

황보진원의 대답에 설군우가 놀라며 말했다.

"그럴 수는 없지요. 가주께서는 상단에서 머무시는 게 낫지 않겠습니까?"

"괜찮습니다. 그리고 제가 가까이에 붙어 있어야 다들 딴짓 거리 안 하고 얌전히 붙어 있을 겁니다."

황보진원의 말에 설군우가 웃으며 말했다.

"하하. 가주, 가끔은 풀어 줘야 숨도 쉬고 하는 법입니다. 세가 사람들 숨통 좀 틔워 주시지요."

"그럴까요? 그러겠습니다."

"잘 생각하셨습니다. 덕분에 저도 든든하군요."

"여기 제일 든든한 원군이 있는데 무슨 걱정이십니까?"

황보진원이 서윤을 바라보며 말했다. 서윤의 정확한 실력을 알지 못하는 설군우는 그가 서윤을 띄워주기 위해 하는 말이 겠거니 하고 웃으며 넘겼다.

며칠이 지났다.

생각보다 서안은 조용했다. 언제든 무슨 일이 벌어질 수 있을 것 같은 분위기였지만 사람들의 숫자가 조금 적은 것을 빼고는 평소의 서안과 다를 바가 없었다.

그 와중에도 설백의 치료는 계속되고 있었다.

이따금 휴식을 위해 방에서 나오는 의선의 얼굴에는 피로가 가득했는데 그 모습을 보면 안쓰럽기 그지없었다.

그에 의선과 동이 먹을 식사는 특히나 더 신경 쓰는 연 씨였다.

황보진원이 대륙상단에 오고 엿새째 되는 날 밤.

서윤은 오늘도 설시연과 연무장에 있었다.

무공 수련하는 것을 도와주기로 한 까닭에 매일 밤이면 두 사람은 연무장에서 구슬땀을 흘렸다.

그녀와 대련을 하며 느낀 바를 얘기해 주면서 설시연에게 도움이 되는 건 두말 하면 잔소리였고 서윤도 깨닫는 바가 많았다.

오늘도 두 사람은 연무장에서 대련을 하고 있었다.

대련이라고 하기에는 기세가 살벌해 비무에 가까운, 실전 같은 대련이었다.

연무장에는 그것을 지켜보는 이가 한 명 더 있었다.

바로 황보진원이었다.

객점에서 세가 무인들을 한 번 살피고 돌아온 그는 연무장 쪽에서 느껴지는 기운에 자신도 모르게 발걸음을 옮긴 것이다.

그 결과 지금 이렇게 두 사람의 대련을 지켜보게 되었다.

'무위가 상당하군.'

황보진원은 두 사람 모두에게 놀라고 있었다.

생각했던 것보다 설시연의 무위는 상당했다. 설백에게 사사했다고는 하나 그 기간이 길지 않았고 홀로 무공을 수련했다고 들었다.

하지만 그럼에도 불구하고 지금 설시연이 보이는 무위는 홀로 수련한 것이라고는 믿기지 않을 정도로 대단했다.

'무공 자체도 상승의 무공이지만 그것에 대한 이해도도 뛰어나다. 검왕 선배에게 제대로 배웠다면 지금보다 더 성장했을 텐데 아쉽군.'

황보진원이 설시연에 대한 평가를 내렸다.

하지만 그가 가장 놀란 사람은 바로 서윤이었다. 그런 설시연과 대련을 하면서도 상당히 여유로웠다.

피해야 할 때와 막아야 할 때를 알고 있었으며 힘을 써야 할 때와 조절해야 할 때를 알았다.

그만큼 자신이 익히고 있는 무공에 대한 이해도가 높다는 뜻이었다.

'애초에 그릇이 다르다.'

황보진원은 서윤의 그릇을 크게 보았다.

무공도 그것을 담는 그릇의 크기에 따라 원래보다 훨씬 더 위력을 보일 수도 있고 훨씬 못 미치는 위력을 보일 수도 있었다.

황보진원이 보는 서윤은 전자였다.

그릇의 크기 자체가 크다 보니 무공의 위력도 배가 되는 것이라 생각했다.

'거기에 부단한 노력도 있었겠지. 숱한 위기를 거치며 쌓인

경험도 있을 것이고. 경험이 조금 더 쌓인다면 중원을 호령할 사람이 될 것이다.'

그렇게 두 사람에 대해 평가를 내리는 사이 대련이 끝났다. 역시나 설시연의 패배. 하지만 설시연은 아쉬워하지 않았다.

서윤과 대련을 하면서 느낀 것이 많았기 때문이었다.

그와 수련하면서 스스로가 성장하고 있다는 것을 느끼니 아쉬워할 이유도 없었다.

게다가 곁에서 서윤이 계속해서 그녀의 기운을 북돋워 주고 있었기에 더 흥이 나는 그녀였다.

'잘 어울리는 한 쌍이군. 권왕의 손자와 검왕의 손녀. 이 둘이 잘 된다면 역대급이라 할 수 있겠어.'

그렇게 생각한 황보진원은 대련이 끝나자마자 이어진 두 사람의 대화가 끝나기를 기다렸다.

어느 정도 대화가 마무리되어 가는 것 같자 황보진원이 웃으며 다가갔다.

"두 사람 모두 대단하군."

"아, 가주님."

서윤이 황보진원을 보며 말했다.

"자네는 당장 우리 세가의 장로들하고 붙어도 장로들이 이길 거라 장담하지 못할 수준이더구만."

"과찬이십니다."

서윤이 웃으며 답하자 황보진원이 진지하게 말했다.

"과찬이 아니네. 나랑 한 번 붙어 보겠는가? 자네의 제대로 된 실력이 궁금한데."

"하하. 나중에 기회가 되면 그때 제가 비무를 청하겠습니다."

서윤이 쑥스러워하며 정중히 그의 제안을 거절했다. 그에 황보진원은 아쉬운 표정을 지었다.

"권왕 선배님의 무공과 붙어 볼 수 있을까 했더니 오늘은 날이 아니군."

황보진원의 말이 끝나기가 무섭게 서윤의 표정이 딱딱하게 굳었다.

워낙 순식간에 그의 표정이 변하자 황보진원은 권왕의 이야기를 꺼낸 것이 실수였나 싶어 난처한 표정을 지었다.

"미안하네. 일부러 그런 것은 아닌데."

"아닙니다. 가주님 때문이 아닙니다. 종조부님, 종조부님이 위험합니다."

그렇게 말한 서윤이 순식간에 그 자리에서 사라졌다.

한줄기 광풍과 같은 빠르기로 사라지는 서윤. 순간 무슨 일인가 싶어 멍하니 서 있던 황보진원과 설시연도 서둘러 뒤를 따랐다.

서윤은 순식간에 설백의 방 앞에 도착했다.

'어디냐, 어디야!'

속으로 그렇게 중얼거린 서윤이 무언가를 느낀 듯 서둘러 방문을 열었다.

촤라락!

문이 양옆으로 열리는 순간 서윤의 눈에 들어온 것은 천장에서 떨어지는 한 사람의 모습이었다.

그 사람의 손에는 작은 단검이 들려 있었고 그 아래에는 설백이 있었다.

워낙 순식간에 벌어진 일이라 의선과 동 모두 놀라고 당황하여 아무런 반응도 하지 못하고 있었다.

팍!

서윤이 바닥을 차고 안으로 뛰어들어 갔다.

그리고 설백을 노린 검이 미처 그에게 닿기 전에 서윤의 주먹이 먼저 그를 가격했다.

쾅!

쿠당탕!

서윤의 주먹에 맞은 인영이 날아가 벽에 강하게 부딪쳤다.

"어서 종조부님을!"

서윤의 다급한 외침에 서둘러 동이 설백을 안아 들고는 방밖으로 나갔다.

벽에 부딪친 인영이 다시 일어서더니 창문을 통해 도망치려

했으나 서윤이 한 발 빨랐다.

그의 앞을 가로 막은 서윤이 손을 뻗었다.

하지만 상대가 금나수법을 이용해 서윤의 손을 뿌리쳤고 결국 서윤은 그가 얼굴에 쓰고 있는 복면만 벗길 수밖에 없었다.

서윤의 눈이 커졌다.

복면이 벗겨지자 드러나는 얼굴. 너무나 낯익은 얼굴이었다.

"서시······."

애타게 찾던 사람. 봉황곡주 서시가 그 자리에 서 있었다.

"서윤!"

그때 황보진원과 설시연이 설백의 방에 도착했다. 그렇게 잠시 시선이 분산된 사이, 서시가 창문을 부수고 밖으로 도망쳤다.

"서시!"

서윤이 그녀의 이름을 부르며 재빨리 뒤를 쫓았다.

"무슨 일이더냐?"

뒤늦게 쫓아 온 설군우가 난장판이 된 방을 보며 놀라 물었다. 그에 설시연이 서시와 서윤이 나간 창문을 바라보며 중얼거리듯 말했다.

"모르겠어요. 뭐가 뭔지."

그렇게 말하는 그녀의 눈동자가 심하게 흔들리고 있었다.

얼마 지나지 않아 서윤이 다시 대륙상단으로 돌아왔다. 그가 돌아오자 가장 먼저 설시연이 다가갔다.

"놓쳤습니다. 젠장. 그녀였다니."

"설마, 봉황곡주였어요?"

"네."

서윤의 대답에 설시연이 놀란 표정을 지었다. 그녀를 만나본 적도 없고 어떤 사람인지는 모르지만 서윤의 이야기를 들어보면 적은 아니라고 생각했었다.

그런데 갑자기 나타나 설백을 죽이려 했다.

그 사실에 서윤은 굉장히 혼란스러워 했고 설시연은 그를 걱정스러운 시선으로 바라보았다.

"괜찮아요?"

"괜찮습니다. 그보다 종조부님은?"

"괜찮으세요. 다른 사람들도 그렇고요. 일단은 다른 방으로 모셨어요."

"다행입니다."

그렇게 대답하는 서윤의 표정은 아직도 충격으로 물들어 있었다.

"일단 가서 좀 쉬어요. 그게 낫겠어요."

서윤은 그녀의 말에 끄덕이고는 연무장 쪽으로 발걸음을

옮겼다.

걸어가는 그의 뒷모습을 보며 설시연은 이 난리 때문에 서윤의 존재를 알게 된 상단 사람들에게 절대로 비밀로 하라는 함구령을 내리고는 서둘러 그의 뒤를 따랐다.

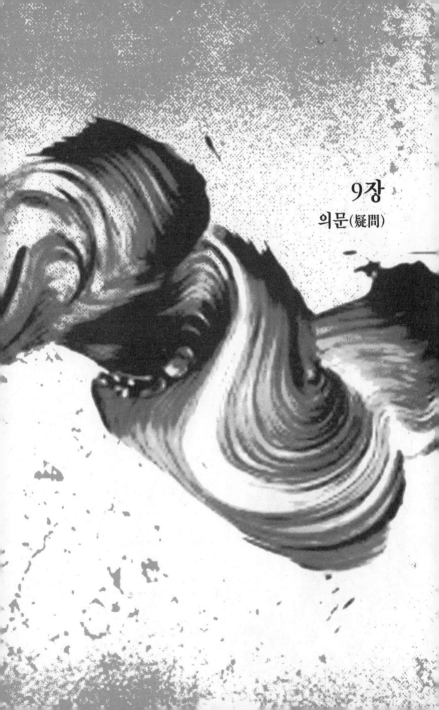

9장

의문(疑問)

風神徐澗
풍신서윤

　서시의 설백 암살 시도가 있은 후, 황보진원은 설군우의 허락을 받아 객점에 있는 세가 무인들 일부를 대륙상단으로 불러들였다.

　이와 같은 일이 또다시 벌어지지 말라는 법이 없었기에 방비를 더욱 두텁게 하기 위함이었다.

　서윤 역시 거처를 연무장 쪽 숙소에서 설백의 방과 가까운 곳으로 옮겼다.

　상단 사람들이 모두 서윤이 살아 돌아왔다는 걸 알게 된 마당에 굳이 연무장 쪽 숙소에서 숨어 지낼 필요는 없었다.

차라리 설백의 방과 가까운 곳으로 옮겨 만약의 사태에 대비하는 것이 나은 일이었다.

방을 옮긴 후 서윤은 그날 일을 몇 번이고 되새겨 보았다.

몇 번을 다시 생각해 봐도 자신이 본 얼굴은 서시의 얼굴이 맞았다.

"어째서……."

서윤은 이해할 수가 없었다. 그녀가 왜 설백을 암살하려 했단 말인가.

"날 못 알아보는 표정이었어."

서윤은 분명 자신과 눈이 마주쳤음에도 아무런 반응도 보이지 않았던 것을 떠올리며 중얼거렸다.

그녀가 설백의 암살 청부를 받았다 하더라도 자신의 얼굴을 봤다면 약간의 흔들림이라도 있어야 했다.

하지만 그녀는 그의 얼굴을 보고도 눈동자조차 흔들리지 않았다.

'눈동자. 그래, 눈동자.'

서윤은 그녀의 눈동자를 기억해 냈다. 어딘지 모르게 초점이 흐린 것 같은 눈. 서윤은 분명 그 눈을 본 적이 있었다.

"실혼인."

불산으로 가는 도중 마주쳤던 실혼인. 그들의 눈과 서시의 눈이 굉장히 흡사했다.

"설마, 그녀가 실혼인이 된 것인가?"

서윤이 주먹을 불끈 쥐었다. 만약 그것이 사실이라면 절대로 그들을 가만두지 않겠다는 강한 다짐을 하면서.

뒤늦게 검왕 암살 시도에 대한 소식을 들은 봉황곡 살수는 서윤으로부터 충격적인 이야기를 들을 수밖에 없었다.

"곡주가 그럴 리 없소."

살수의 말투는 단호했다. 절대 그럴 리 없다는 믿음이 담겨 있는 말투였다.

"그녀가 맞았소."

"거짓말!"

살수가 분노를 터뜨리며 서윤의 목에 단검을 가져다 댔다. 하지만 서윤의 표정에는 변화가 없었다.

"나도 그녀의 의지로 그렇게 한 건 아니라고 생각하오. 내 얼굴을 봤음에도 조금의 흔들림도 없었으니까."

"그게 무슨 말이오?"

"그녀의 눈동자. 내가 예전에 봤던 실혼인들의 눈동자와 비슷했소."

서윤의 말에 살수는 또 한 번 충격을 받을 수밖에 없었다.

"실혼인이라니."

살수가 그렇게 중얼거리며 망연자실한 표정으로 검을 내

렸다.

"아직 확실한 건 아무것도 없소. 하지만 만약, 저들이 그녀를 실혼인으로 만들었다면 난 결코 용서치 않을 것이오."

서윤의 말에 살수는 아무런 말도 할 수 없었다.

곡주가 실혼인이 되었을지도 모른다는 사실이 가져다준 충격이 너무나 컸기 때문이었다.

서윤의 마음이 또 한 번 무거워졌다.

* * *

"실패했단 말이지."

"예."

"그렇다면 그자가 거기에 있었겠군."

"그렇다고 합니다."

여인의 대답에도 마교주는 별다른 충격을 받지는 않은 듯했다.

"뭐, 성공했고 못했고는 상관없다. 어쨌든 그들의 시선을 한쪽으로 쏠리게 만들었으니. 수라마대는?"

"감숙으로 향했다고 합니다."

"아래쪽으로 갔으면 더 좋았을 것을."

마교주가 아쉽다는 듯 말했다. 섬서성의 아래쪽에는 소림과 무당이 있었다.

"사령단(蛇令團) 애들과 혈견단(血犬團) 애들은 준비 다 됐나?"

"만반의 준비를 마쳤습니다."

"그럼 시작하라고 해."

"알겠습니다."

마교주의 대답에 여인이 고개를 숙였다.

"그리고 영감들도 모이라고 하지. 그동안 많이 참았으니 기분 좀 풀어줘야지."

마교주의 말에 여인의 눈동자가 흔들렸다.

'드디어.'

"알겠습니다. 그리 하겠습니다."

대답한 여인이 사라졌다. 그리고 마교주가 중얼거렸다.

"해를 볼 때가 머지않았군."

그의 머리 위에는 구름에 가려져 있던 해가 조금씩 모습을 드러내고 있었다.

*　　　*　　　*

암살 시도가 있은 후 얼마 지나지 않아 팽가의 지원군도 서안에 도착했다.

소식을 들은 팽가주는 서안에 도착하자마자 곧바로 대륙상단을 찾았다.

대륙상단에 도착한 팽가주 팽도웅(彭途雄)은 상단 전체에 퍼져 있는 긴장감과 불안감 등을 느끼며 무거운 표정으로 설군우에게로 향했다.

뒤늦게 팽가주가 왔다는 소식을 접한 설군우는 서둘러 정문으로 가다가 팽도웅과 마주쳤다.

"죄송합니다. 오신 줄 알았으면 일찍 나왔을 텐데."

"아닙니다. 괜찮습니다. 그보다 많이 놀라셨겠습니다."

"놀라기는 했지만 그래도 무사하시니 다행이라 생각하는 중입니다."

설군우의 말에 팽도웅이 고개를 끄덕이고는 물었다.

"황보 가주도 이곳에 있다고 들었습니다."

"그렇습니다. 따라 오십시오."

그렇게 말한 설군우가 앞장서서 황보진원이 있는 곳으로 팽도웅을 안내했다.

"아, 팽가주."

"황보가주."

팽도웅을 맞이하는 황보진원의 표정은 무거웠다. 팽도웅은 그의 심정을 이해한다는 듯 고개를 끄덕이고는 그의 맞은편에 앉았다.

"어쩌다가 이런 일이……."

"그러게 말이오. 그래도 무사하시니 다행이지."

그렇게 대답한 황보진원의 팽가주를 보며 물었다.

"세가 일은 정리된 것이오?"

"덕분에 잘 정리됐소. 남궁가도 그렇고. 남궁가는 지금 대대적으로 녹림 토벌에 나섰소. 다 쓸어버리겠다는 남궁가주의 의지가 대단하더이다."

"그 사람 성격이면 그럴 만도 하지. 그보다 소개해 줄 사람이 있소."

"소개해 줄 사람?"

팽도웅의 물음에 황보진원이 고개를 끄덕이고는 그를 데리고 어디론가 향했다.

"아니, 이 사람은……?"

팽도웅은 눈앞에 있는 사람을 보고 놀랐다.

"오랜만입니다, 가주님."

"아니, 자네. 실종 상태라고 들었는데. 개방에서도 찾고 있고."

팽도웅의 말에 호걸개가 씁슬한 미소를 지으며 시선을 돌렸다.

"사정이 좀 있습니다. 그러니 가주님께서도 제가 이곳에 있다는 건 당분간 비밀로 해주십시오."

"일단 앉지."

황보진원의 말에 팽도웅이 자리에 앉았다.

"그간 진척이 좀 있었는가?"

"아직은… 대신 다른 정보를 입수했습니다."

"다른 정보라니."

호걸개의 대답에 황보진원이 관심을 가졌다. 두 사람이 무슨 이야기를 하는지 알지 못하는 팽도웅도 호기심이 동하는 듯 슬쩍 고개를 들이 밀었다.

"종남을 공격했던 자들은 수라마대라는 자들입니다."

"수라마대? 처음 듣는군."

"그들이 하는 말을 들은 자가 있습니다."

"그게 누군가?"

"봉황곡의 살수입니다."

"살수?"

"예. 아무튼 지금 중요한 건 그것이 아닙니다. 그들의 다음 목적지가 어디냐입니다."

"그래, 그들이 어디로 가고 있는가?"

"감숙입니다."

호걸개의 말에 황보진원과 팽도웅은 깜짝 놀랐다.

"공동!"

"그런 것 같습니다."

"그들은 지금 어디까지 갔는가?"

"아직 섬서성에 있는 듯합니다만 곧 감숙에 도착할 것입니다. 미리 공동파에 연통을 넣어두기는 했으나 시간이 없습니다."

"그렇겠지. 내가 가겠네. 곧 감숙이라면… 대충 닷새 정도 벌어진 얘기란 말인데. 젠장. 늦지 않게 따라잡을 수 있을지 모르겠군."

"어렵긴 한 거리입니다."

호걸개의 말에 황보진원이 고개를 끄덕이더니 자리에서 일어났다.

"어쩌겠는가. 난 지금 바로 가보겠네."

그렇게 말한 황보진원이 서둘러 밖으로 나갔다.

"수라마대라니. 대대 급 규모라면 인원이 그리 많지는 않을 텐데 구파 두 곳을 멸문시켰단 말인가."

"화산파는 사실 수라마대가 아니라 내부 배신자들에 의해 와해됐을 가능성이 큽니다. 종남은 배신자들을 색출해 내기는 했으나 그만큼 힘이 약해졌으니……."

"그것도 그렇겠군."

팽도웅이 고개를 끄덕였다.

"지금 드러난 적은 수라마대 하나뿐인가?"

"아직은 그렇습니다. 하지만 곳곳에서 심상치 않은 움직임이 보이기는 합니다."

"심상치 않은 움직임이라니."

팽도웅의 물음에 호걸개가 지도를 펼쳤다.

"좀 더 조사를 해봐야겠지만 사천성과 호북성에서 적으로 의심되는 자들의 움직임이 포착되었습니다."

"사천과 호북이라……. 미리 연락은 했는가?"

"해두었습니다. 무림맹에서도 관련해 조치를 취할 겁니다."

호걸개의 말에 팽도웅이 고개를 끄덕였다.

"그럼 우리가 할 일은 없겠는가?"

"일단은 이곳을 좀 지켜주십시오. 아무래도 얼마 전 암살 시도가 있었으니 검왕 선배님이 깨어나실 때까지는 철통 같이 방어를 해야 할 듯합니다."

"그렇게 하겠네."

고개를 끄덕이며 대답한 팽도웅이 호걸개를 보며 물었다.

"개방의 힘을 빌리면 더 빨리, 쉽게 정보를 얻을 수 있을 텐데."

"지금은 그럴 수가 없습니다."

"왜 그런가? 배신자들 때문인가? 자네라면 개방 내에서도 배신자가 누구인지 알 수 있을 텐데."

"알고 있습니다."

"그럼 그들을 축출해 내면 되지 않겠는가?"

"그게 생각처럼 쉽지가 않습니다."

호걸개의 대답이 뭔가 심상치 않다고 느낀 팽도웅이 그를 가만히 바라보았다.

"어쩌면 개방 전체를 믿을 수 없을지도 모르기 때문입니다."

호걸개의 대답에 충격을 받은 팽도웅은 아무 말도 하지 못하고 그저 멍하니 호걸개의 얼굴을 쳐다보고 있을 뿐이었다.

*　　　　*　　　　*

아늑한 크기의 회의실.

그중 상석에 앉은 마교주가 의자에 삐딱하게 몸을 기댄 채 손가락으로 탁자를 두드리고 있었다.

침묵이 이어졌지만 회의실에 모인 사람들은 어딘지 들뜬 표정으로 마교주만 바라보고 있었다.

손가락으로 탁자를 두드리던 마교주가 자신을 바라보고 있는 사람들을 쓱 한 번 훑었다. 그러고는 그들의 시선이 재미있다는 듯 미소를 지었다.

"다들 준비됐습니까?"

그가 짧은 질문을 던졌다. 그러나 아무도 대답하는 이가 없었다. 입은 열지 않았으나 모두가 강렬한 눈빛으로 마교주를 바라보고 있었다.

언제든 드넓은 중원으로 뛰쳐나갈 준비가 되어 있다는 눈빛이었다.

마교주가 다른 쪽으로 시선을 돌렸다.

그쪽에도 사람들이 있었는데 어딘지 풍기는 분위기가 조금 다른 듯했다.

"한빙곡(寒氷谷)과 패왕문(覇王門)의 준비는 어떻소?"

"완벽하지요."

"마찬가지입니다."

비쩍 말라 두개골의 윤곽이 고스란히 드러나 보이는 자와 건장한 체격의 중년인이 동시에 대답했다.

"좋소."

만족스런 미소를 지은 마교주가 또 다른 쪽으로 시선을 돌렸다. 그 자리에 있는 자는 어딘지 모르게 음산한 분위기를 풍기는 자였다.

"음귀곡은?"

"이미 만족할 만한 결과를 보시지 않으셨습니까? 언제든지 뛰쳐나갈 준비가 되어 있습니다."

음귀곡주의 대답에 마교주가 고개를 끄덕였다. 그러고는 좌중을 한 번 훑어보고는 짧게 말했다.

"나가서 날뛰어 보십시오."

＊　　　＊　　　＊

늦은 밤.

무림맹 외원을 지나 황급히 어디론가 향하는 사람이 있었다. 다급한 표정의 그는 연신 주변을 살피며 부지런히 걸어 어느 전각으로 들어갔다.

텅 빈 집무실로 들어간 그는 작은 촛불 하나에 의지한 채 한쪽에 쌓여 있는 서류들을 뒤지기 시작했다.

중간중간 행동을 멈추고는 밖의 소리에 귀를 기울이던 그가 무언가를 찾은 듯 눈을 빛냈다.

종이에 적힌 내용을 읽어 내려간 그는 서둘러 그것을 접어 품에 넣고는 촛불을 껐다.

슬며시 문을 열고 밖에 아무도 없는 것을 확인한 그가 최대한 소리가 나지 않도록 조심스럽게 걸어 전각 밖으로 발걸음을 옮겼다.

전각 입구를 통해 밖으로 나온 그가 발걸음을 멈추었다.

전각 밖에 한 사람이 서 있었는데 그를 본 사내의 눈동자가 심하게 흔들렸다.

"이 늦은 밤에 거기서 뭘 하고 나온 게냐?"

제갈공의 얼굴에는 분노가 가득했다. 그리고 절대 그럴 리

없다는 믿음이 깨졌을 때 보이는 실망감과 좌절감도 언뜻언뜻 비치고 있었다.

"아, 아버지……."

제갈명의 시선은 목소리만큼이나 떨리고 있었다.

"묻지 않느냐? 뭘 하고 나온 거냐고."

"그것이… 잠이 오질 않아 일을 좀 하다가 나왔습니다."

"그래? 그런데 집무실에는 불이 켜져 있지 않더구나."

"작은 촛불 하나를 켜 놓고 해서 그런 모양입니다."

마음의 안정을 찾았는지 제갈명의 목소리에서도 떨림이 없었다.

"그래? 알겠다. 처소로 돌아가거라."

"예."

제갈명이 제갈공에게 공손히 고개를 숙이고는 그를 지나쳐 처소 쪽으로 발걸음을 옮겼다.

"명아."

제갈공의 부름에 제갈명이 몸을 돌려 그를 바라보았다.

"요즘 분위기가 좋지 않은 건 너도 잘 알고 있으리라 믿는다. 의심이 갈 만한 행동은 자제하거라."

"알겠습니다. 심려를 끼쳐 드려 죄송합니다, 아버지."

그렇게 말한 제갈명이 다시 처소로 발걸음을 옮겼다. 그 모습을 보는 제갈공의 눈빛이 심하게 흔들렸다.

처소로 돌아온 제갈명은 깊은 한숨을 내쉬며 가슴에 손을 얹었다. 미친 듯이 뛰는 심장 박동이 고스란히 느껴졌다.

잠시 떨리는 가슴을 진정시킨 제갈명은 재빨리 탁자 쪽으로 다가가 품에 넣어 둔 종이를 펼쳐 보았다.

남궁가(南宮家) 강서성(江西省) 정리 후 광동성으로 이동 중.

무당(武當), 소림(少林) 내부 정리 완(完).

황보세가(皇甫世家) 감숙성으로 이동 중.

하북팽가 서안 도착.

사천당가 및 청성파, 아미파 대책 회동.

사천당가 연구하던 극독 완성. 아직 정체 미확인.

종이에는 근래 있었던 구파일방의 중요한 일들이 적혀 있었다. 그것을 훑은 제갈명은 그것을 다른 종이에 그대로 옮겨 적었다.

그러고는 두 개의 종이 모두를 품에 넣은 뒤 방을 나섰다.

내원을 지나 외원으로 향하는 길목에서 제갈명은 서둘러 발걸음을 옮겼다. 그리고 얼마 후 제갈명이 다다른 곳은 전서구를 한데 모아 기르는 곳이었다.

주변을 한 차례 훑은 제갈명은 조심스럽게 문을 열고 안으로 들어갔다.

새들이 모여 있는 곳이라 안으로 들어서자 인상이 찌푸려질 정도의 퀴퀴한 냄새가 코끝을 찔렀다. 하지만 제갈명은 표정하나 변하지 않고 주변을 두리번거리며 전서구를 찾았다.

'저기 있구나.'

전서구 한 마리를 발견한 제갈명은 서둘러 그쪽으로 다가갔다. 그러고는 다리에 종이 하나를 묶고는 조심스레 밖으로 날렸다.

푸드득!

날아가는 전서구를 보며 제갈명은 복잡한 감정이 묻어나는 표정을 짓고 있었다.

그러고는 한숨을 푹 쉰 채 돌아서는데 이상한 소리가 들렸다.

퍽!

제갈명이 황급히 고개를 돌렸다. 그의 눈에 화살에 맞아 떨어지는 전서구가 보였다.

제갈명은 무언가 잘못되었다는 것을 느꼈다.

다급해지는 마음.

제갈명은 황급히 건물 밖으로 나가기 위해 문을 열었다.

"아버지!"

"네 이놈!"

제갈공이 제갈명을 향해 일갈을 질렀다.

분노에 가득 찬 표정.

제갈명의 표정이 일그러졌다. 빼도 박도 못하는 상황. 빠져나갈 구멍이 없었다.

"어디에 무얼 보내려 했던 것이냐."

"그, 그게……."

제갈명은 아무런 말도 할 수가 없었다. 이미 다 알고 있는 것을 물어 보는 것임에도 차마 입을 뗄 수가 없었다.

그러는 사이 제갈공의 뒤로 무림맹 무사들이 나타났다.

"추포하라."

제갈공의 말에 무림맹 무사들이 제갈명의 양옆에서 그의 팔과 손을 제압하고는 밖으로 데리고 나갔다.

그에 제갈공은 깊은 한숨을 쉬며 그 어느 때보다 슬픈 표정을 지었다.

어두운 옥사.

제갈명은 아무 말도 하지 않고 눈을 감은 채 앉아 있었다. 그리고 그 밖에는 제갈공이 뒷짐을 진 채 서 있었다.

말없이 그냥 물끄러미 아들을 바라보던 제갈공이 입을 열었다.

"왜 그랬느냐?"

제갈공의 물음에도 제갈명은 눈을 감은 채 입을 열지 않았다.

"왜 그랬는지 묻고 있다."

"그냥 죽이십시오. 이제 와서 이유를 말한다고 달라질 게 있겠습니까?"

제갈명의 말에 제갈공은 잠시 눈을 감았다.

"내가 아는 아들은 이런 사람이 아니었다."

"아버지가 아는 제 모습은 어떤 것이었습니까?"

제갈명이 눈을 뜨며 덤덤하게 물었다. 그의 시선은 감정을 읽을 수 없을 정도로 무심했다.

제갈공은 그 시선을 마주하니 아무런 말도 할 수가 없었다. 모든 것을 포기한 것 같은 허무함이 느껴졌기 때문이었다.

"대답하기 어려우시겠지요. 항상 그랬습니다, 아버지는."

"그게 무슨 말이냐."

제갈공의 물음에 제갈명이 다시 입을 열었다.

"기재라 불리던 형님에 밀려 전 항상 눈 밖이었지요. 아버지의 머릿속에는 온통 형님밖에 없었으니까요. 그런 형님이 돌아가시고 슬퍼하는 아버지를 보며 그 자리를 대신하기 위해 몇 배를 노력했습니다. 하지만 아버지는 그런 절 봐주시지 않았습니다. 끊임없이 형님과 비교하며 다그치고 질책할 뿐이었죠. 제 노력은 인정하지 않으셨습니다. 기억은 나십니까? 제게 칭찬 한 마디 해주신 게 언제인지. 제게 걱정스런 말 한 마디 해주신 게 언제인지?"

지난 세월을 담담하게 말하던 제갈명의 목소리가 조금씩 격양되어 가고 있었다.

"칭찬받고 싶고 인정받고 싶은 제 노력과 달리 돌아오는 건 언제나 질책과 따가운 시선이었습니다. 제가 무얼 그리 잘못했습니까? 저도 자식입니다. 그런데 왜! 전 아버지한테서 그런 시선을 받아야 합니까. 잘 하고자 노력하는 게 그리도 잘못이었습니까?"

"그래서 배신한 것이냐?"

"예! 그래서 배신했습니다. 저들은 제 능력을 인정해 주었고 절 알아봐 주었습니다. 인정받는다는 기분. 그리고 필요한 존재라는 그 느낌! 그것이 얼마나 기분 좋고 행복한 것인지를 그들이 느끼게 해주었습니다. 아버지가 아니라! 저들이 말입니다. 저뿐만이 아닙니다. 배신한 다른 자들도 마찬가지입니다. 그러니 비단 아버지만의 문제가 아닌 정도 무림 전체의 문제겠지요. 저를 비롯해 저들의 편에 선 모든 이들은 배신한 것이 아니라 등 떠밀려 저들의 품에 안긴 것일 뿐입니다. 이것이 우리의 잘못입니까 아니면 모두의 잘못입니까?"

눈을 감은 채 제갈명의 이야기를 듣고 있는 제갈공의 눈꺼풀이 파르르 떨렸다. 가슴 속 깊은 곳에서 밀려오는 감정을 다스리기가 어려웠다.

"그렇다 하여도 잘못된 건 잘못된 것이다."

"예! 잘못된 건 잘못된 것이죠. 그런 각오도 안 하고 이런 선택을 했겠습니까? 죽이십시오."

그렇게 말한 제갈명이 다시 눈을 감았다. 더 이상 아무런 이야기도 하고 싶지 않다는 뜻이었다.

제갈공은 잠시 그런 아들을 멍하니 바라보다가 발걸음을 돌려 옥사를 떠났다.

옥사 밖에는 종리혁이 서 있었다.

종리혁 역시 제갈명이 한 이야기를 모두 듣고는 먼저 밖에 나와 있었다.

제갈공이 밖으로 나오자 종리혁은 무거운 표정으로 그의 어깨를 말없이 다독여 주었다.

어떤 말을 할 수 있겠는가.

배신을 한 사람이 알고 보니 자식이었다는 사실도 충격적인 데 죽이기까지 해야 한다니. 거기에 평생에 한으로 남을 지도 모를 이야기까지 듣지 않았는가.

지금은 어떤 위로도 귀에 들어오지 않을 터.

그렇게 그의 어깨를 다독여 준 종리혁이 먼저 자리를 떠났다.

제갈공은 물끄러미 밤하늘을 올려다보았다.

구름이 잔뜩 낀 하늘이 마치 자신의 마음을 대변해 주는 것 같다는 생각에 절로 한숨이 터져 나왔다.

제갈명을 시작으로 무림맹 내 배신자들이 하나둘씩 추포되어 옥사에 갇히기 시작했다.

정보 조직은 물론이요, 각 전투부대, 심지어 원로원에까지 배신자가 있었다. 이러한 사실이 밝혀지자 무림맹 전체가 충격에 휩싸였다.

추포된 자들 대부분이 정도 무림에서 덕망으로 이름이 높고 존경받는 인물들이었기 때문이었다.

추포되어 가면서도 그 어떤 반항이나 변명도 하지 않는 그들의 모습은 지켜보는 이들을 더욱 충격 속으로 몰아넣기에 충분했다.

모든 이가 추포되고 이틀 후.

그들의 처형이 집행되었다. 무림맹 내에 있는 많은 이가 그들의 최후를 보기 위해 모여들었다.

일부는 아직도 충격 속에서 헤어 나오지 못하는 모습이었으나 대부분은 그들을 손가락질하며 욕을 해댔다.

자신들을 향한 욕에도 처형대 앞에 선 그들은 눈을 감은 채 아무런 반응도 보이지 않았다. 그저 덤덤하게 어서 이 모든 것이 끝나기만을 기다리는 모습이었다.

멀리서 처형대를 바라보는 제갈공의 눈빛은 심하게 흔들리고 있었다.

아들인 제갈명의 모습을 보니 많은 감정이 한꺼번에 휘몰아치는 것 같았다.

아비 된 마음으로서는 당장 그 앞으로 달려가 죄를 빌고 목숨을 구걸하라며 간절히 설득하고 싶은 마음이 굴뚝같았으나 무림맹의 군사로서 대의를 생각하면 그럴 수가 없었다.

부모로서의 마음과 무림맹 군사로서의 이성이 수차례 충돌하는 그때. 처형이 시작되었고 하나둘씩 배신자들의 목이 떨어지기 시작했다.

비명 소리조차 들리지 않는 처형대 위.

욕을 하던 이들도 모두가 숨죽인 채 그 모습을 바라보고 있었다.

이윽고 제갈명의 차례가 되었고 제갈공은 그와 눈이 마주쳤다.

원망도 좌절도 슬픔도 느껴지지 않는 제갈명의 그 눈빛이 제갈공의 마음을 후벼 파고 있었다.

차라리 그날 밤처럼 자신을 향해 원망의 눈빛이라도 보냈다면 차라리 더 나았을 것을. 아무런 원망도 보이지 않는 아들이 지금 이 순간 더욱 야속하기만 했다.

그 눈빛을 채 마음에 담기도 전에 제갈명의 목이 떨어져 나갔다.

목이 떨어지는 순간 제갈공은 눈을 감았다.

처참한 그 광경을 차마 눈에 담기가 어려웠던 것이다.

눈을 감은 채 고개를 숙이고 돌아선 제갈공은 힘겹게 발걸음을 내디뎌 자신의 처소로 향했다.

아무래도 오늘은 아무런 업무도 보지 못할 것 같았다.

처소로 향하는 그의 눈에서 한줄기 눈물이 흘러 내렸다.

*　　　　*　　　　*

"무림맹 내에서도 배신자들의 색출이 끝난 모양이오."

"그렇습니까."

서윤의 대답에 호걸개가 가만히 고개를 끄덕였다. 그러고는 작게 한숨을 내쉬며 말을 이었다.

"소림과 무당에서도 일을 마무리 지은 모양이오. 워낙 충격적인 일이니 수습하는데 시간이 좀 걸리겠지만 어쨌든 소림과 무당의 일이 정리된 건 다행스러운 일이지."

"그전에 저들이 움직이지는 않을까 걱정입니다."

"움직이긴 할 것이오. 그들도 이 소식을 알고 있을 테니. 문제는 그 규모가 얼마나 될 것이며 어떤 형식일 것인가 하는 것이지."

호걸개의 말에 서윤도 고개를 끄덕였다.

"공동의 일은 어떻게 되어 가고 있답니까?"

"아직 따라잡지는 못한 듯하오. 따라잡았다면 중간에서 황보세가와 수라마대의 충돌이 있었겠지. 부디 늦지 말아야 할 텐데."

"저라도 먼저 가볼걸 그랬습니다."

서윤의 말에 호걸개가 고개를 저었다.

"문파 하나를 상대할 수 있을 정도의 전력이오. 혼자서는 무리요. 안 그래도 정도 무림의 전력이 약화될 대로 약화된 상황인데 서 소협 같은 사람이 화를 당하면 그야말로 큰 손실이오. 앞으로 바쁠 일이 많아질 테니 지금은 기다리는 편이 좋소."

호걸개의 말에 서윤도 고개를 끄덕였다.

"그나저나 시일이 꽤 흘렀음에도 검왕 선배님의 대법은 풀리지가 않는군."

호걸개의 중얼거림에 서윤이 옆방 쪽을 슬쩍 바라보았다. 벽에 가로막혀 안쪽의 모습은 볼 수가 없었지만 의선과 동이 얼마나 노력을 하고 있는지는 보지 않아도 보이는 듯했다.

"이 또한 기다려 봐야겠지요. 별수 있겠습니까."

서윤의 대답에 고개를 끄덕인 호걸개가 입을 열었다.

"이제 슬슬 다음 일을 생각해야 할 것 같소. 저들이 본격적으로 움직이기 전에 개방의 일을 처리해야 할 것 같소."

"어떻게 하실 생각이시오?"

"일단 만나 봐야 할 사람이 있소."

"그게 누굽니까?"

"묵걸개 장로님. 내가 부리는 수하들을 키워낸 분이시오. 상황이 좋지는 않을 것으로 예상되나 그분을 만나 이야기를 나눠봐야 할 것 같소."

"개방의 눈에 띄게 될 텐데 괜찮겠습니까?"

"최대한 은밀히 움직이긴 해야겠지만 완전히 그들의 눈에 띄지 않을 자신은 없소. 그런 의미에서… 나를 좀 도와주겠소?"

"어떤 걸 도우면 됩니까?"

서윤의 물음에 호걸개가 미소를 지었다.

"별것 아니오. 혹시 모를 상황에 대비해 호위를 좀 부탁하고자 하오. 일단 지금까지 들어온 정보에 의하면 서안은 당분간 조용할 듯하고 팽가도 이곳에 있으니 큰 문제가 되지는 않을 것이오."

서윤이 고개를 끄덕였다. 하지만 이내 난감하다는 표정을 지었다.

"무슨 문제라도 있소?"

"별것 아닐 수도 있고 큰일일 수도 있는 문제가 하나 있습니다."

서윤의 대답에 호걸개는 그게 무엇이냐는 듯 그를 쳐다보았다. 그에 서윤은 어색한 미소만 지을 뿐이었다.

*　　　*　　　*

"다녀와요. 어쩌겠어요."

너무나 아무렇지도 않게 허락하는 설시연을 보며 서윤은 괜히 마음 졸였다는 생각에 허무함마저 들었다.

반대로 설시연은 괜히 서윤이 자신 때문에 부담을 가지는 것 같아 걱정은 됐지만 짐짓 아무렇지도 않은 듯 대답한 것이었다.

앞으로 서윤이 해야 할 일이 많은데 자신이 계속해서 그런 모습을 보인다면 결국 자신이 그의 발목을 잡는 꼴밖에 되지 않는 것이었다.

시간이 오래 걸리기는 했지만 무사히 돌아왔던 것처럼 이번에도 그럴 것이라 믿으며 기다리는 수밖에는 없었다.

그러는 사이 자신도 서윤과 수련하며 깨달은 것들을 자신의 것으로 소화하고 더욱 성장해 있어야 했다.

게다가 곧 설백이 깨어나고 그에게 가르침을 받을 수 있다면 서윤에게 짐이 되지 않는 수준까지 성장할 수 있을 것이라는 생각이었다.

"알겠습니다. 팽가가 이곳을 보호하고 있고 당분간은 서안이 조용할 거라고 하니까 너무 걱정하지 말아요."

'내가 걱정하는 건 당신이라고요.'

서윤의 말에 그 말이 목구멍까지 차올랐지만 설시연은 미소를 지은 채 고개를 끄덕였다.

그에 서윤은 그녀를 살며시 안아 주고는 떠날 채비를 하기 위해 서둘러 자신의 처소로 향했다.

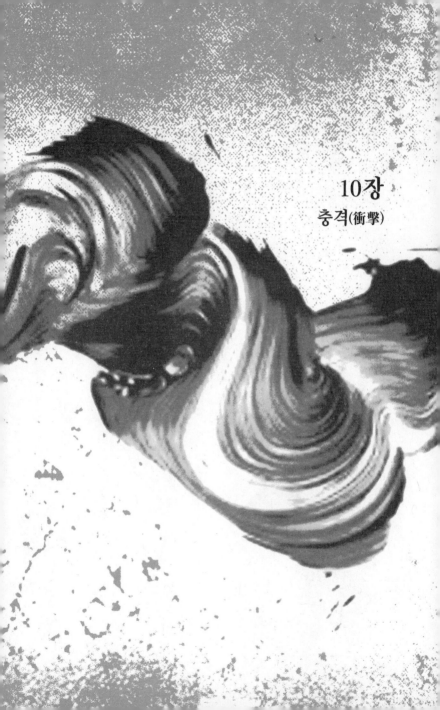

10장
충격(衝擊)

風神徐閏

풍신서윤

　떠날 채비를 마친 서윤은 설군우와 설궁도를 찾아가 인사
를 건넸다.

　"다녀오겠습니다. 숙부님, 형님."

　"연아가 따라가겠다고 보채지는 않더냐?"

　"예. 그러라고 하더군요."

　서윤의 대답에 설군우가 의외라는 표정을 지었다. 그에 곁
에 있던 설궁도가 미소와 함께 입을 열었다.

　"연아 그 아이도 내조가 뭔지 이제야 알게 된 거지요. 후
후."

"형님."

설궁도의 장난기 섞인 말에 서윤이 부끄러워하면서 그를 만류했다. 하지만 설군우와 설궁도 두 사람은 전혀 개의치 않아했다. 오히려 잘된 일이라는 듯 얼굴 표정이 환했다.

"어쨌든 몸조심하거라. 나갔다 하면 무슨 일이 생기니 걱정이 안 될 수가 없구나."

"걱정 마십시오. 예전처럼 쉬이 당하지 않을 겁니다."

"그래. 그래야지."

설군우가 서윤의 어깨를 두드리며 말했다.

확실히 예전과 달리 듬직한 느낌이 물씬 풍기는 서윤을 보며 설군우는 대견하다는 눈빛을 보냈다.

"이만 나가보겠습니다."

"그러려무나."

서윤이 꾸벅 인사를 하고는 설군우의 집무실을 나서자 설궁도가 배웅하려는 듯 함께 따라 나섰다.

호걸개와 연무장 쪽에서 만나기로 한 탓에 그리로 발걸음을 옮기던 서윤은 중간에 팽도웅을 만났다. 팽도웅도 떠나는 호걸개와 이야기를 나누고 자신의 처소로 돌아가던 찰나였다.

대륙상단에 온 이후 서윤과 몇 차례 마주쳤기에 팽도웅은 놀라지 않고 웃으며 그를 바라보았다.

"떠나려는가?"

"그렇습니다. 상단을 부탁드립니다."

"걱정 말게. 내 목이 떨어지지 않는 한 상단은 안전할 것일세."

적들의 힘이 얼마나 강한지 어렴풋이 알고 있어 걱정이 되긴 했지만 팽도웅의 그 말을 들으니 조금은 안심이 되는 듯했다.

"예, 그럼 다녀오겠습니다."

서윤이 팽도웅에게 고개를 숙이고는 서둘러 연무장 쪽으로 발걸음을 옮겼다.

연무장에 도착하니 이미 채비를 마친 호걸개가 서윤을 기다리고 있었다.

"준비는 다 되었소?"

"다 됐습니다. 어디까지 가야 합니까?"

"산서성이오."

"산서성……."

산서성이라는 호걸개의 말에 서윤이 말끝을 흐렸다. 서시가 실종되고 폭렬단주를 만나 질긴 악연을 끊어낸 곳이 산서성이었다. 서윤에게는 썩 좋지 않은 기억만 있는 곳이었다.

"그리 멀지는 않으니 금방 다녀올 수 있을 것이오."

"그렇겠지요. 그사이에 무슨 일만 벌어지지 않는다면."

"그렇지. 무슨 일만 벌어지지 않는다면……."

하지만 두 사람은 그럴 리가 없다는 것을 본능적으로 직감하고 있었다.

"이것부터 쓰고 갑시다."

호걸개가 서윤에게 무언가를 내밀었다. 얼떨결에 그것을 받아 든 서윤은 멀뚱히 호걸개를 쳐다보고만 있었다.

"인피면구(人皮面具)로군."

설궁도의 말에 서윤이 그게 뭐냐는 듯 쳐다보았다.

"가면이라고 보면 되네. 실제 사람의 얼굴처럼 만들었기에 정체를 감출 때에는 아주 유용하지. 다만 쉽게 구하기가 좀 어려운 물건이네."

"그렇군요."

짧게 대답한 서윤이 인피면구를 바라보다가 이미 거의 다 착용하고 마무리 작업 중인 호걸개를 슬쩍 쳐다보았다.

"내가 도와주겠네. 처음에는 좀 어색할 거야."

그렇게 말한 설궁도가 서윤의 손에 있는 인피면구를 받아 들고는 호걸개가 미리 준비한 아교를 면구에 꼼꼼히 발랐다. 그런 다음 서윤의 얼굴에 가져다 대고는 떨어지지 않게 꾹꾹 눌러 붙였다. 처음 착용해 보는 인피면구에 서윤은 어색한 기분이 들었다.

"다 됐네. 감쪽같구만. 연아도 못 알아보겠어. 잘생긴 얼굴이 조금 못나진 것만 빼고는 아주 좋네."

설궁도의 말에 서윤은 숙소 안으로 들어가 동경을 바라보았다.

'이게 나라고?'

동경에 비친 낯선 얼굴을 본 서윤은 어색한 듯 자신의 얼굴을 만져 보았다. 얼굴 위에 가면을 쓴 것이라고는 믿기지 않을 정도로 감쪽같았다.

"다 됐으면 이제 갑시다."

숙소 밖에서 호걸개가 서윤을 재촉했다. 그에 서윤은 서둘러 숙소 밖으로 나갔다.

"다녀오겠습니다, 형님."

"조심해서 다녀오게."

낯선 얼굴의 호걸개와 서윤은 서로를 잠시 바라보다가 담벼락을 훌쩍 뛰어 넘었다. 그 모습을 지켜보고 있던 설궁도가 혀를 내두르며 고개를 저었다.

"사람이 어찌 저럴 수 있는 건지."

그렇게 중얼거린 설궁도가 물끄러미 담벼락을 바라보았다. 그러다가 이내 몸을 돌려 걸으며 말했다.

"괜히 해봤다가 코가 깨지든 뭐가 깨지든 하겠지."

담을 넘어 대류상단 밖으로 나간 두 사람은 주변을 훑었다.

인피면구를 착용했음에도 혹시나 자신들을 알아보는 사람이
있지는 않을까 하는 생각 때문이었다. 인피면구를 자주 써보
지 않은 탓에 벌어진 촌극이었다.

"일단 합양(合陽)현까지 갑시다. 수하들에게 미리 알아보라
고 시킨 것이 있소. 거기서 수하들을 만나 함께 움직일 것이
오."

"너무 눈에 띄지 않겠습니까?"

"수하들은 적당한 거리를 두고 은밀하게 따라 붙을 것이오.
우리야 인피면구를 썼으니 오히려 너무 은밀하게 움직이면 더
눈에 띌 것이오. 자연스럽게 편안하게 움직입시다."

"알겠습니다."

그렇게 말한 두 사람이 너무 빠르지 않게, 그렇다고 너무 느
리지도 않게 합양현을 향해 발걸음을 옮겼다.

*   *   *

"움직였단 말이지?"

"예, 그렇습니다."

"그럼 은밀하게 따라 붙어라. 지시가 있을 때까지 경거망동
해서는 안 된다."

"알겠습니다."

"그럼, 이제 사냥을 시작해 볼까? 후후."

*　　　　*　　　　*

서윤과 호걸개는 사람이 많은 지역에서는 천천히, 인적이
드문 지역에서는 속도를 높였다.

중간중간 쉴 때에는 호걸개의 수하들이 나타나 무언가를
보고하는 듯했다.

날이 저물기 시작할 때까지 달린 두 사람은 결국 마을에
들어가지 못하고 하루 노숙하기로 했다.

적당한 곳을 찾은 두 사람은 평평한 곳에 자리를 잡았다.

혹시 몰라 모닥불은 피우지 않았으나 날이 그리 춥지 않아
큰 걱정은 없었다.

호걸개의 수하들은 어디서 뭘 하고 있는지 모를 밤.

두 사람은 나란히 앉아 아무 말도 하지 않고 멍하니 땅만
바라보고 있었다.

눈앞에 모닥불이라도 있었다면 덜 어색했을 텐데.

두 사람은 그런 어색한 기류 속에 말없이 앉아만 있었다.

그러던 중 호걸개의 수하들이 다가오는 기척이 느껴졌고 전
음으로 무슨 이야기를 주고받는 듯했다.

잠시 그렇게 있던 호걸개가 입을 열었다.

"황보세가가 무사히 공동에 도착했다 하오."

"가는 길에 수라마대를 만나지는 않았다고 합니까?"

"그렇다고 하오. 대체 무슨 꿍꿍이인 건지."

"각개격파가 아니라 한곳에 몰아놓고 한 번에 치려는 생각
일지도 모르지요."

서윤의 말에 호걸개가 고개를 끄덕였다.

"그럴 수도 있겠지. 이래서 문파는 산에 지으면 안 돼. 그
좁은 곳에 모여 있으면 당하기 십상이지."

호걸개가 투덜거리듯 말했다. 그간 여러 일이 있었기에 진
중한 모습을 많이 보였지만 지금은 호걸개 특유의 말투와 성
정이 조금씩 보이고 있었다.

"중원의 앞날이 어찌 될는지······."

호걸개가 한숨 섞인 목소리로 중얼거렸다. 그 말에 아무런
대꾸도 하지 않았지만 서윤도 걱정이 되기는 마찬가지였다.

"홋."

갑자기 서윤이 실소를 흘렸다. 그에 호걸개가 힐끗 그를 쳐
다보다가 물었다.

"왜 그러시오?"

"나 자신이 신기해서 그렇습니다."

"뭐가 그렇게 신기하오?"

"강호 무림의 앞날을 걱정하고 있는 내 자신이 신기합니다."

"강호인이라면 응당 그런 생각을 하오."

"강호인이 아닌 사람들은 그런 생각을 안 합니다."

"하지만 우린 일반인이 아니지 않소?"

호걸개의 말에 서윤이 고개를 끄덕이고는 말을 이었다.

"저는 그냥 시골에 사는 평범한 아이였습니다. 강호를 꿈꿨지만 그건 어디까지나 여느 아이들이 가지고 있는 호기심 같은 것일 뿐이었죠."

서윤의 말에 호걸개는 가만히 듣고만 있었다.

"그러다가 큰 아픔을 겪고 할아버지를 만났습니다. 한 달정도 되는 짧은 인연 하나가 제 운명을 바꾼 거죠. 할아버지를 만나 무공을 배울 때에도 이런 생각은 안 했습니다. 할 수가 없었죠. 몰랐으니까. 강호가 어떤 곳인지. 무공을 배울 때에도 마찬가지였습니다. 그저 같은 아픔을 다시는 겪고 싶지 않아 힘이 있었으면 좋겠다는 생각뿐이었는데…… 여러 인연이 얽히고설켜 여기서 이러고 있군요."

서윤의 이야기를 들은 호걸개는 아무런 말도 하지 않고 조용히 그의 말을 곱씹었다.

"같은 아픔을 다시는 겪지 않기 위해 힘이 필요했다."

"그렇습니다."

"그래서 어땠소?"

호걸개의 물음에 서윤은 입을 다물었다.

분명 힘을 얻었지만 같은 아픔을 여러 차례 겪었기 때문이었다.

"강호란 그런 곳이오. 내가 아무리 동분서주한다 해도 같은 일이 또다시 벌어지지 않으리라는 법은 없지. 비단 강호뿐만이 아니라 세상살이가 다 그렇지만 특히나 강호는 더 그러하오."

호걸개의 말에 서윤은 가만히 고개를 끄덕였다.

"그렇다고 해서 처음의 그 마음이 잘못되었다는 건 아니오. 누군가를 지키고자 하는 그 마음. 그런 마음들이 모여 위기를 이겨낼 수 있는 것이니까."

호걸개의 말에 서윤이 그를 바라보았다.

"그 마음, 끝까지 잘 가지고 가시오. 지키지 못했다는 좌절감을 갖기보다는 남은 사람들은 반드시 지켜내겠다는 그 마음. 지금은 그것이 가장 필요하니까."

"고맙습니다."

"고맙긴. 먼저 눈 좀 붙이시오. 갈 길이 머니."

"잠은 됐고 운기나 좀 하겠습니다."

"그러시오."

호걸개의 대답에 서윤이 곧장 가부좌를 틀고 눈을 감았다. 그런 서윤의 입가에 미소가 번졌다.

처음에는 의심하여 믿지 못하던 호걸개인데 지금은 그의 앞에서 자연스럽게 운기를 하고 있으니.

'신기한 일투성이구나.'

그렇게 생각하며 서윤은 운기에 빠져들었다.

다음 날.

번갈아 운기를 하며 밤을 지새운 두 사람은 아무 일도 없었던 것에 안심하며 다시금 합양현으로 출발했다.

"이상하군. 이쯤 되면 보여야 할 텐데."

"무엇이 말입니까?"

합양현 근처에 도착한 호걸개가 주변을 두리번거리며 말했다.

"수하들 말이오. 이 근처에서 만나기로 했는데 보이질 않소."

"몸을 숨기고 있는 것 아닙니까?"

서윤의 물음에 호걸개가 고개를 저었다.

"다들 몸을 숨기고 있다 해도 한둘은 나타나야 정상인데."

그렇게 말하는 호걸개의 표정이 썩 좋지 않았다. 아무리 생각해도 뭔가 이상했기 때문이었다.

"근처에 은신처가 있으니 일단 가봅시다."

호걸개가 앞장서고 서윤이 그 뒤를 따랐다.

호걸개가 서윤을 데려간 곳은 합양현 외곽의 은밀한 곳이었다. 서윤은 단번에 그곳이 살수들의 안가와 같은 곳이라는 걸 알아차렸다.

"안가 같은 곳이군요."

"알고 있소?"

"봉황곡의 안가 두어 군데를 가본 적이 있습니다."

서윤의 말에 호걸개가 그를 힐끗 쳐다보더니 말했다.

"봉황곡주와 꽤나 깊은 관계였나 보오."

"그런 것 아닙니다. 일 때문에 갔던 것일 뿐입니다."

"아무리 그래도 살수들이 안가를 아무에게나 공개하지는 않지. 듣자 하니 봉황곡주도 제법 아름답다고 소문이 자자하던데. 부럽소. 봉황곡주에 시연 소저까지."

"그런 것 아니라니까 그러십니다."

서윤이 조금 불편한 기색을 내비치자 호걸개가 알았다는 듯 고개를 끄덕이더니 표정을 딱딱하게 굳혔다.

"아무래도 뭔가 이상하오."

호걸개의 말에 서윤도 주변을 살폈다. 아무도 없는 듯 고요하기만 했다. 잡히는 기척 역시 없었다.

"아무도 없는 듯합니다."

"그래서 이상하다는 것이오. 분명 수하들이 있어야 하는데."

그렇게 중얼거리며 호걸개가 건물 쪽으로 다가갔다. 하지만 안으로 들어가려는 그를 서윤이 말렸다.

"잠깐."

"나도 느꼈소."

최대한 기척을 감추기는 했지만 건물 안쪽에서 약한 기운이 느껴지고 있었다.

두 사람이 가까이 다가갈 때까지 기척을 감출 수 있었다는 건 그만큼 대단한 고수라는 뜻.

서윤과 호걸개는 시선을 교차하고는 문의 양쪽 벽으로 바짝 붙어 섰다.

호걸개가 문의 손잡이를 잡고는 다른 손으로 일부터 삼까지를 세고는 문을 활짝 열어 젖혔다.

쾅!

요란한 소리를 내며 열린 문. 하지만 안에서는 아무런 반응이 없었다.

잠시 그렇게 서 있던 두 사람이 다시 한 번 시선을 교차하더니 동시에 안쪽으로 뛰어들어 갔다.

"누구냐!"

호걸개가 소리쳤다. 그러나 상대 쪽에서는 아무런 대답도 들려오지 않았다.

하지만 굳이 그들에게서 대답을 들을 필요는 없었다.

"쌍귀입니다."

"쌍귀!"

서윤의 말에 호걸개가 놀란 표정을 지었다. 이들이 여길 어떻게 알고 찾아왔단 말인가.

'설마 우리의 행적을 들킨 것인가?'

호걸개는 머릿속이 혼란스러웠다. 그때 서윤의 전음이 들려왔다.

[지금은 다른 생각할 것 없이 이곳을 빠져나가는 것만 생각합시다.]

서윤의 전음에 호걸개가 가만히 고개를 끄덕였다.

"인피면구를 썼구나. 그런다고 모를 줄 알았나?"

소귀가 서윤을 똑바로 쳐다보며 말했다. 인피면구 탓에 표정이 제대로 드러나지는 않았으나 서윤도 긴장하고 있었다.

'기척을 숨겼다는 건 이전보다 실력이 향상되었다는 뜻이다. 쉽지 않을 수도 있겠어.'

"여기는 어떻게 알고 왔지?"

서윤의 물음에 소귀가 코웃음을 치며 대답했다.

"거지 몇 놈 족치니까 알겠더군."

"네놈……."

소귀의 말에 호걸개가 분노에 찬 목소리로 낮게 읊조렸다. 진작 모습을 보였어야 할 수하들이 나타나지 않은 것은 이들 때문이었다.

[셋을 세면 뒤쪽 문으로 뛰십시오. 앞은 제가 맡겠습니다.]

[알겠소.]

서윤의 전음에 짧게 대답한 호걸개가 쌍귀를 날카로운 눈빛으로 노려보았다.

"그놈 눈빛 한번 살벌하군."

소귀는 여유로운 표정이었다. 그사이 서윤은 전음으로 셋을 세고 있었다.

[하나.]

[둘.]

[셋.]

파박!

호걸개가 문 밖으로 신형을 날렸고 서윤은 정면으로 쏘아져 나갔다.

짧은 거리를 순식간에 좁히며 날린 일격.

하지만 서윤은 놀랄 수밖에 없었다.

지금껏 말 한 마디 하지 않고 가만히 있던 대귀가 서윤의 공격을 가볍게 막은 것이다.

그러는 사이 소귀가 재빨리 호걸개의 뒤를 쫓았다.

"크르르르."

서윤의 공격을 막은 대귀의 입에서 괴성이 흘러나왔다. 한 번 들어본 적이 있는 소리였다. 서윤은 대귀의 눈을 확인했다.

멍하게 풀린 시선. 그리고 괴성.

"실혼인!"

서윤이 놀라며 황급히 뒤쪽으로 몸을 뺐다.

그러는 사이 실혼인이 된 대귀의 공격이 가공할 위력을 담아 쏘아져 나왔다.

"젠장!"

서윤이 재빨리 기운을 끌어 올려 양팔을 교차해 앞을 막았다.

쾅!

서윤의 팔과 충돌한 실혼인의 공격에 서윤은 뒤쪽으로 삼 장 가까이 밀려 나갔다.

팔을 타고 찌릿한 통증이 올라왔다.

부러지지 않은 것이 다행이라 할 수 있을 정도의 위력이었다.

서윤이 재빨리 시선을 돌렸다.

생각보다 빨랐던 소귀의 반응에 호걸개는 미처 몸을 빼지 못했고 어느새 그와 일전을 벌이고 있었다.

언뜻 보기에는 호각세.

'그렇다는 건 이놈만 빨리 처리하면 우리가 유리하다는 뜻이다.'

이를 악문 서윤이 다시금 대귀를 향해 달려들었다.

바짝 끌어 올린 진기를 머금은 주먹이 정면으로 휘둘러졌다. 묵직한 기운이 앞으로 쏘아져 나갔고 서윤은 멈추지 않고 그 뒤에 바짝 붙었다.

자신을 향해 날아오는 서윤의 기운에 대귀가 들고 있던 검을 강하게 휘둘렀다.

역시나 날카로운 예기를 뿜내며 마주쳐 오는 검기.

콰쾅!

서윤과 대귀의 기운이 허공에서 충돌했다.

강한 반발력이 밀려왔지만 서윤은 진기를 더하며 쾌풍보를 펼쳤다.

반면 방금 전의 충격으로 대귀의 팔은 살짝 튕겨 올라간 상태였다.

'빈틈!'

서윤은 그 틈을 놓치지 않고 품을 파고들었다.

그리고 풍절비룡권의 초식으로 그의 몸을 난타하려던 그때, 머리 위에서 느껴지는 서늘한 기운에 방향을 바꿀 수밖에 없었다.

서억!

서윤은 몸을 비틀어 겨우 공격을 피해냈다.

그 때문에 서윤의 공격은 대귀의 어느 곳 하나 건드리지 못하고 무위에 그쳤다.

공격을 피하자마자 거리를 벌린 서윤이 난감하다는 기색을 보였다.

대귀의 양손에 들린 검.

'설마 쌍검술일 줄이야.'

예상치 못한 대귀의 쌍검에 서윤은 조금 당황한 기색을 보였다.

하지만 그렇다고 이런 경험이 없는 것도 아니었다.

'탁곤 역시 양손에 기형도를 들고 있었지.'

도와 검은 그 활용이 현저히 다르다고는 하나 그때의 경험 덕분인지 크게 긴장되지는 않았다.

'속전속결! 최대한 빨리 끝낸다.'

속으로 그렇게 중얼거린 서윤이 쾌풍보를 이용해 앞으로 쏘아져 나갔다.

한줄기 선이 대귀를 향해 정면으로 달려들었다.

대귀 역시 피하지 않고 양손에 들고 있는 검을 교차하며 휘둘렀다.

서윤의 일격에 맞서는 두 개의 검기.

이 순간 서윤의 쾌풍보가 빛을 발했다.

순간적으로 속도를 줄이며 하나의 검기를 피해낸 서윤은 옷자락이 잘려 나갔음에도 개의치 않고 주먹을 휘둘렀다.

콰앙!

관풍뇌동의 초식이 마지막 검기를 파훼하는 순간 서윤은 또 다른 초식을 준비하고 있었다.

하지만 대귀가 조금 더 빨랐다.

이미 하나의 검기를 서윤이 피해내는 순간 출수를 준비하고 있었던 것이다.

'빠르다.'

서윤이 초식을 펼치려던 것을 포기하고는 쾌풍보를 극성으로 펼쳤다.

순식간에 대귀의 범위에서 벗어남과 동시에 다시금 출수를 준비했다.

몸속을 빠르게 휘몰아치는 진기.

그와 함께 서윤의 주먹에서 격풍류운과 백룡인풍의 초식이 연이어 펼쳐졌다.

강한 위력을 머금은 두 개의 주먹을 보고도 대귀는 물러섬이 없었다.

정면으로 치달으며 양손에 든 검을 날카롭게 휘둘렀다.

교묘한 보법과 함께 서윤의 손목과 팔꿈치를 노리고 날아드는 일격.

서윤은 물러서지 않고 쾌풍보에 속도를 더했다.

찌이익!

어깨와 팔뚝 쪽 옷을 찢고 지나가는 대귀의 검.

서윤은 그대로 돌진해 대귀의 몸통에 주먹을 꽂았다.

꽈앙!

격한 충돌음이 사방을 진동시켰다.

뒤쪽으로 주르르 밀리는 대귀. 하지만 이 정도로는 어림없다는 듯 대귀는 아무렇지도 않게 살짝 구부렸던 몸을 곧추세웠다.

'역시 실혼인인가.'

탁곤과 싸워본 경험이 있다고는 하지만 실혼인이 된 대귀에는 비할 바가 못 되었다.

지금의 대귀는 그보다 몇 배는 더 빠르고 강했다.

'쉽지 않겠어. 호 장로님. 버텨주십시오.'

그렇게 중얼거린 서윤이 심호흡을 하며 대귀를 노려보았다.

소귀를 상대하고 있는 호걸개는 죽을 맛이었다.

들은 적은 있으나 소귀의 무공을 직접 겪어 보는 것은 처음이었다.

게다가 그와 손을 섞어보니 들었던 것보다 훨씬 강했다.

퍼퍼펑!

호걸개의 손바닥에서 장력이 연이어 뿜어져 나갔다. 하지만 소귀는 그것을 너무나 간단히 파훼하고는 끈질기게 달라붙고 있었다.

'젠장.'

호걸개가 속으로 거친 말을 내뱉었다. 그러면서도 그의 다리는 부지런히 움직이고 있었다.

안가라고는 하나 그리 넓지 않은 공간.

가까운 거리에서 서윤과 대귀가 충돌하며 만들어내는 충격파의 영향 때문에 소귀를 상대하는 것이 더욱 어려웠다.

하지만 소귀는 그런 것에는 전혀 신경 쓰지 않고 광기 어린 눈빛을 자신에게 고정한 채 달려들고 있었다.

"후읍!"

이대로는 안 되겠다고 생각한 호걸개가 숨을 크게 들이마셨다. 그리고는 자신에게 달려드는 소귀를 향해 돌진했다.

쾅!

서로를 향하는 속도를 이기지 못하고 두 사람이 충돌했다.

소귀의 검을 용케 피하며 다가간 호걸개가 어깨로 그의 가슴팍을 강하게 때렸다.

그 뿐만이 아니었다.

어깨로 소귀의 가슴팍을 강타하면서 장력을 머금은 손바닥으로 소귀의 복부를 가격했다.

강하게 튕겨 나가는 소귀.

볼품없이 땅바닥을 나뒹군 그가 튕겨지는 힘을 이용해 중심을 잡고 섰다.

나름 회심의 일격이라 생각했는데 소귀가 멀쩡한 듯 보이자 호걸개는 허탈함 마저 들었다.

"소귀가 이 정도로 강했나?"

호걸개가 중얼거렸다.

개방 최연소 장로라는 명성에 걸맞은 실력을 갖췄다고 생각했는데 이런 상황이 되고 보니 모든 것이 허울뿐인 것 같았다.

"그렇다고 이대로 당할 수는 없지."

정면을 응시하는 호걸개의 두 눈에 빠르게 가까워 오는 소귀의 모습이 가득 담겨있었다.

서윤은 날카롭게 대귀의 움직임을 관찰했다.

상대를 제대로 파악하지 않고 공격만 하는 것은 결국 자신에게 손해라는 생각을 한 것이었다.

이는 모두 서윤이 쾌풍보를 익혔기에 가능한 것이었다.

쾌풍보를 펼치는데 진기를 집중하며 대귀의 움직임에서 시선을 떼지 않았다.

하지만 그것이 쉬운 것은 아니었다.

대귀의 움직임이 워낙 빨랐고 공격 역시 집중하여 피하거나 막지 않으면 안 될 정도로 위력적이었기 때문이었다.

'시간을 끌면 불리하다.'

그렇게 생각하던 서윤의 머릿속에 예전 일이 떠올랐다.

불산으로 가던 중 실혼인을 만났을 때 감도생으로 변장한 폭렬단주가 외쳤던 한 마디였다.

'관절을 노려!'

감도생이 아닌 폭렬단주가 한 말이었기에 과연 제대로 된 정보일지 의문이었지만 서윤은 일단 한 번 해보기로 했다.

'안 되면 다른 방법을 찾으면 그만!'

그렇게 속으로 외치며 다리 쪽으로 몰던 진기를 주먹으로 끌어 올렸다.

파팍!

서윤이 땅을 박차고 쏘아져 나갔다.

수세 일변도였던 서윤이 움직임을 달리하자 대귀의 움직임도 바뀌었다.

유리한 기세를 넘겨주지 않겠다는 듯 서윤의 움직임을 가로막으며 연이어 공격을 펼쳤다.

쐐에에엑!

대귀의 검이 날카롭게 날아들었다. 하지만 서윤은 더욱 눈을 빛냈다.

'팔꿈치!'

무리하게 공격을 한 탓인지 서윤의 눈에 부자연스러운 대귀의 팔꿈치가 눈에 들어왔고, 서윤은 지체하지 않고 그쪽으로 주먹을 뻗었다.

꽝!

묵직하고 단단한 느낌.

하지만 서윤은 자신의 일격이 먹혔다는 것을 느꼈다.

팔꿈치에 서윤의 공격이 들어가자 대귀가 뒤로 물러선 것이다.

검 하나를 사용하는 것이 아닌 쌍검을 사용하는 입장에서 팔 한쪽이 불편해지면 위력이 반감될 수밖에 없었다.

서윤은 이 기회를 놓치지 않았다.

쾌풍보를 이용해 빠르게 달려든 후 연이어 주먹을 휘둘렀다.

굳이 초식을 사용할 필요도 없었다.

진기를 실어 간결하게 뻗는 주먹으로 대귀의 관절만 집요하게 물고 늘어졌다.

쾅! 쾅! 콰쾅! 쾅! 쾅!

어깨, 팔꿈치, 손목, 무릎 등 대귀의 관절에 연달아 강력한 충격이 전달되었다.

하지만 대귀는 공격을 멈추지 않았다.

통증을 느끼지 못하는지 불편한 팔과 다리를 이끌고 검을 휘둘렀다.

하지만 이미 삐걱거리기 시작한 그의 관절은 자신이 뿜어내고자 하는 위력을 제대로 담아내지 못하고 있었다.

'끝낸다.'

서윤이 자신을 노리고 날아드는 대귀의 검을 보며 진기를 끌어 올렸다.

이윽고 풍절비룡권이 펼쳐졌다.

콰쾅!

관절이 버티지 못한 그의 공격은 서윤의 반격에 그대로 무너졌다.

기이하게 꺾이는 그의 팔꿈치.

대귀가 의아하다는 듯 그를 쳐다보았다.

다음 순간, 서윤의 초식들이 대귀의 전신을 강타했다.

콰콰쾅!

"크와아아아!"

대귀의 입에서 괴성 같은 비명이 흘러나왔다.

그의 양쪽 팔은 꺾일 수 없는 각도로 꺾여 있었고 다리는 힘을 잃은 상태였다.

서 있는 것이 용한 상태.

서윤은 크게 숨을 들이마시며 진기를 끌어 모았다.

서윤이 펼치려는 다음 공격의 위력을 느꼈을까.

대귀가 몸을 움직이려 했지만 이미 팔다리는 자신의 의지 밖으로 떠밀려 나간 지 오래였다.

"합!"

서윤이 기합과 함께 주먹을 뻗었다.

건룡초풍의 초식을 따라 뿜어져 나온 진기가 대귀의 전신을 휩쓸었다.

콰아앙!

귀가 얼얼할 정도의 폭발음과 함께 대귀의 전신이 너덜너덜해졌다.

쿠웅—!

그대로 쓰러지는 대귀.

실혼인이 되면서 이미 인간으로서의 삶을 마감한 그가 두 번째 죽음을 맞이하는 순간이었다.

"후우……"

서윤이 한숨을 내쉬었다.

하지만 그것도 잠시, 호걸개와 싸우고 있는 소귀 쪽으로 신형을 날렸다.

호걸개의 모습은 처참했다.

옷은 찢겨져 있었고 곳곳에 난 상처에서는 피가 흘러 내리고 있었다.

하지만 산발한 머리카락 뒤로 보이는 눈에서는 의욕이 불타오르고 있었고 입은 미소를 짓고 있었다.

"와 봐. 와 봐!"

호걸개가 두 손으로 덤비라는 듯 소귀를 향해 까딱거렸다. 그것을 보는 소귀의 두 눈은 더욱 광기로 물들어가고 있었다.

쿠웅—!

그때 들리는 소리. 소귀는 놀라며 소리가 난 쪽을 바라보았다.

그의 시선에 뒤로 쓰러지는 대귀의 모습이 보였다.

반대편에 있는 서윤이 멀쩡한 것으로 보아 대귀의 패배였다.

"큭… 큭큭… 큭… 크하하하하!"

소귀가 광소를 터뜨렸다. 그러는 사이 서윤이 호걸개 쪽으로 다가왔다.

"괜찮습니까?"

"괜찮소. 할 만하군. 내가 끝내겠소."

호걸개가 의욕을 보였다. 하지만 서윤은 불안한 눈빛으로 소귀 쪽을 바라보고 있었다.

광소를 멈춘 소귀가 서윤과 호걸개 쪽을 바라보았다.

그러더니 손을 들어 뒷덜미 쪽으로 가져갔다.

"뭘 하는 거지?"

호걸개의 질문에 대한 답은 곧 알 수 있었다. 뒷덜미 쪽에서 무언가를 뽑은 소귀가 그것을 땅바닥에 내동댕이쳤다.

쩔그렁!

바닥에 나뒹구는 장침 하나.

그것을 본 서윤과 호걸개는 순간 등골을 스치는 불길함을 느낄 수 있었다.

그리고 곧, 그것은 현실이 되었다.

소귀의 기운이 폭발적으로 강해졌다.

그의 몸에서 흘러나오는 기운은 차마 감당하기 어려울 정도였는데 그것은 소귀 역시 마찬가지였다.

그 자신의 몸에서 뿜어져 나오는 기운임에도 버거워하는 기색이 역력했다.

"끄아아아아!"

비명인지 괴성인지 모를 소리와 함께 소귀가 고개를 들었다.

핏빛 광기로 얼룩진 눈동자.

서윤과 호걸개는 그 눈동자에서 오싹함을 느꼈다.

"아무래도 심상치 않습니다. 뒤쪽으로 물러나 계십시오. 제가 맡겠습니다."

서윤의 말에 고개를 끄덕인 호걸개가 뒤쪽으로 멀찌감치 물러났다.

그런 호걸개의 행동과는 상관없이 소귀의 시선은 서윤에게 고정되어 있었다.

'나란 말이지. 하긴 그때도 그랬으니.'

서윤은 소귀를 처음 만났던 때를 떠올렸다.

'하나 그때와 지금은 다르다.'

서윤이 품에서 무언가를 꺼냈다.

장갑. 설궁도가 선물하고 설시연이 이름을 새겨준 그 장갑이었다.

실전에서는 처음으로 끼워 보는 장갑이었다.

"후우……."

서윤이 깊게 심호흡을 했다. 그리고는 광기에 물든 소귀를 노려보았다.

팍!

누가 먼저라고 할 것도 없이 서윤과 소귀가 동시에 땅을 박찼다.

어느새 서윤의 주먹과 소귀의 검에는 위력적인 기운이 담겨 있었다.

콰쾅!

두 사람이 충돌했다.

대귀와의 충돌 때와는 비교도 되지 않을 기파가 사방으로
퍼져 나갔다.

"욱!"

멀찌감치 물러나 있던 호걸개가 그 기파를 감당하지 못하
고 뒤쪽으로 밀려났다.

"쿨럭!"

호걸개가 피를 토했다. 방금 전의 기파 때문에 내상을 입은
것이다.

입가의 피를 닦아 낸 호걸개가 건물에 기대어 앉은 채 두
사람의 싸움을 바라보았다.

"저게 사람의 싸움인가."

흔들리는 눈동자 속에 서윤과 소귀의 싸움이 가득 담기고
있었다.

'버티고 부순다. 그럼 이긴다.'

광기 어린 소귀의 공격은 위력적이었다.

하지만 그만큼 틈이 많기도 했다. 워낙 위력이 강해 그 틈
을 파고들기가 어려울 뿐이었다.

소귀의 광기에 맞서 서윤은 더욱 침착해지고 냉정해졌다.

하단전과 중단전, 그리고 상단전까지.

모두가 일통되어 진기가 흘렀고 그곳을 거친 진기는 서윤의

정신과 마음, 육체를 단단하게 만들어 주었다.

서윤의 주먹에서 진기가 터져 나왔다.

쾅!

소귀의 공격과 충돌했다. 그에 소귀의 팔이 강하게 튕겨졌다.

서윤이 더욱 빠르게 다가섰다.

또 한 번 이어지는 일격.

쾅!

소귀의 몸이 기역 자로 꺾이며 날아갔다.

콰콰콱!

땅바닥에 처박혀 긁히듯 밀려나 갔다.

"크아아아!"

소귀가 괴성과 함께 몸을 일으켰다. 그 순간, 서윤은 소귀의 지척에 다다라 있었다.

진기를 가득 머금은 주먹을 쥔 채로.

콰콰쾅!

서윤의 주먹에서 풍절비룡권의 절초들이 연이어 터졌다.

전반 삼 초식.

강풍파랑부터 관풍뇌동까지 이어지는 전반 삼 초식이 소귀의 몸에 작렬했다.

"푸우우!"

소귀가 분수처럼 피를 뿜었다.

내부가 만신창이가 되고 통증에 몸부림치면서도 소귀는 검을 휘둘렀다.

현저하게 위력이 떨어진 공격이었다.

그런 공격은 서윤을 어찌 할 수 없었다.

쾅!

건룡초풍의 초식이 소귀의 몸에 틀어박혔다.

전반 삼 초식보다 더욱 강한 위력의 공격을 소귀가 고스란히 몸으로 받은 것이다.

"푸우우!"

내부가 진탕하며 그가 다시 피를 뿜었고 그 피는 고스란히 서윤의 얼굴과 옷에 묻었다.

서윤은 멈추지 않았다.

절초라 불리는 풍절비룡권 일 초식부터 육 초식까지의 공격이 연이어 소귀를 강타했다.

쾅!

서윤의 마지막 주먹에 맞아 그대로 날아가 땅바닥에 꽂히는 소귀였다.

힘을 주어 떨리는 서윤의 주먹이 허공을 울렸다.

서윤이 천천히 주먹을 내리고 자세를 바로 했다. 깊게 내쉬는 날숨.

서윤은 그대로 몸을 돌렸다.

보지 않아도 소귀가 숨을 거뒀다는 것을 알 수 있었다.

호걸개는 천천히 자신에게 다가오는 서윤을 쳐다보고 있었다.

지금까지 본 싸움이 가져다준 충격에 호걸개는 아무 말도 하지 못하고 있었다.

"괜찮습니까?"

서윤의 물음에 움찔한 호걸개가 멋쩍은 표정을 짓더니 한마디 했다.

"죽겠소."

"일단 여기서 벗어납시다."

서윤이 호걸개에게 손을 내밀었다. 잠시 그 손을 바라보던 호걸개가 그 손을 잡고는 힘겹게 몸을 일으켰다.

*   *   *

서윤이 떠난 대륙상단.

서윤이 떠난 후로 상단 내 초미의 관심사는 설백의 치료가 언제 끝날 것인가 하는 것이었다.

상단이 어려운 상황이었지만 설군우는 필요하다는 재료를 어떻게 해서든 구해다 주었다.

서윤이 대륙상단을 떠난 지 엿새째 되는 날.

동이 설군우의 집무실을 찾아왔다.

며칠째 제대로 잠을 못 자 피곤에 절은 모습이 안타깝기만 했다.

"무슨 일인가? 무엇이 또 필요한 것인가? 말만 하게나. 다 구해다 줄 테니."

"그게 아닙니다."

"그럼?"

"끝났습니다."

동의 말에 설군우는 그 즉시 무슨 말인지 알아듣지 못하고 동을 빤히 쳐다보았다.

"검왕 어르신의 치료가 모두 끝났습니다."

그 말을 들은 설군우가 자리에서 벌떡 일어섰다.

설군우와 설궁도, 설시연에 연 씨, 팽도웅까지.

모두가 설백의 방으로 모였다.

설백의 방에는 힘들어 하는 의선 태사현과 설군우에게 말을 전하고는 먼저 돌아와 태사현의 옆에서 꾸벅꾸벅 졸고 있는 동이 있었다.

"치료가… 모두 끝난 것입니까?"

"예. 끝났습니다."

태사현의 말에 모두가 감격스러워했다. 설시연은 흘러내리려는 눈물을 억지로 참고 있었다.

설군우는 조심스럽게 설백의 옆으로 다가가 무릎을 꿇고 앉았다.

여전히 눈을 감고 누워있는 설백.

잠시 그 얼굴을 바라보던 설군우가 조심스럽게 물었다.

"언제쯤 깨어나시겠습니까?"

"정신 금제를 당했었기에 정신력이 많이 약해져 있는 상태입니다. 지금은 그것을 회복하기 위해 잠을 청하고 계신 것이니 시일이 좀 지나면 깨어나실 겁니다."

"감사합니다. 정말 감사합니다."

설군우가 태사현의 손을 잡고는 연신 감사하다는 말을 전했다.

그러는 그의 눈에서는 눈물이 흐르고 있었다.

하루가 지나고 이틀이 지났다.

그렇게 시간이 흘러 열흘이 더 지났지만 설백은 깨어날 기미가 보이지 않았다.

하지만 그럼에도 상단에는 활기가 돌았다.

의선이 그러지 않았는가.

치료는 모두 끝났다고. 고갈된 정신력을 회복하기 위해 잠을 자고 있는 것일 뿐이라고.

작은 희망에 매달려 애타는 나날을 보낼 필요가 없었다.

*   *   *

쌍귀와의 싸움을 끝낸 서윤과 호걸개는 안가를 벗어나 사람들의 이목을 피해 움직였다.

싸움을 하는 사이 얼굴에 붙여 놓았던 인피면구가 떨어져 나간 탓이었다.

숲길로 움직이던 두 사람은 개울을 발견하고는 그리로 몸을 던졌다.

몸에 난 상처들 때문에 따가움이 밀려왔지만 몸에 묻은 피를 씻어내고 나니 한층 개운한 표정이었다.

씻고 나니 문제가 되는 것이 또 하나 있었다. 찢겨 넝마가 된 옷이었다.

벌거벗고 다닐 수는 없는 노릇 아닌가.

난감해 하던 두 사람은 결국 가까운 민가로 가 옷을 빌려(?) 입기로 했다.

내상 때문에 거동이 힘든 호걸개를 대신해 서윤이 알몸으로 숲길을 내달렸다.

그리고 한참 뒤 민가가 보이자 숲에 몸을 숨기고는 잠시 민가를 살폈다.

'죄송합니다.'

서윤은 빠르게 움직여 마당에 널려 있는 빨래 몇 가지를 빌려(?)서는 서둘러 호걸개가 있는 곳으로 향했다.

제대로 보지 않고 가지고 온 것이었기에 잘 맞지 않아 우스꽝스러운 모습이었지만 알몸으로 다니는 것 보다는 훨씬 나았기에 두 사람은 거기에 만족하며 서둘러 산서성으로 향했다.

"이곳이오."

중간에 옷을 새로 사 입은 두 사람은 말끔한 모습으로 어딘가에 도착했다.

허술한 집 한 채가 두 사람의 앞에 있었다.

"이곳이?"

"그렇소. 묵걸개 장로님의 처소요."

"호 장로님의 지부처럼 그래도 어느 정도 구색은 갖춰놓았을 줄 알았는데……."

서윤은 눈앞의 집을 보고 제대로 말을 잇지 못했다.

"어쨌든 들어갑시다."

호걸개가 먼저 안쪽으로 발걸음을 옮겼고 서윤이 그 뒤를 따랐다.

"묵 장로님."

호걸개의 부름에 책을 읽고 있던 묵걸개가 천천히 고개를 들었다. 그러고는 호걸개의 얼굴을 확인하더니 미소를 지었다.

"살아 있을 줄 알았네."

"죽을 뻔했습니다."

"허허. 자네는 일찍 죽을 관상은 아니라네."

"관상도 볼 줄 아셨습니까?"

호걸개의 물음에 미소로 대신한 묵걸개의 시선이 서윤에게 닿았다.

"내가 짐작하는 사람이 맞는지 모르겠군."

"대체 이런 곳에 앉아만 계시는 분이 어떻게 다 아시는지 모르겠습니다. 맞습니다."

"허허. 죽은 줄 알았는데 살아 있었군. 개방의 묵걸개라네."

"서윤입니다."

서윤이 묵걸개에게 공손히 인사했다.

"그래, 그래. 살아 있어서 다행일세. 앉게."

묵걸개가 자리를 권하자 두 사람이 나란히 앉았다.

"그래. 행색을 보니 오는 길에 무슨 일이 있었던 것 같구만."

"싸움이 있었습니다."

"그랬나? 저들은 이미 두 사람의 행적을 알고 있었던 모양이군."

"그런 것 같습니다. 이런 말씀을 드리는 것이 안타깝지만 개방에서 흘러들어간 것이 아닌가 싶습니다. 묵 장로님께서 제게 붙여주신 아이들도 모두 당했습니다."

"그렇군."

묵걸개가 씁쓸한 미소를 지었다.

"자세히 얘기해 보게."

묵걸개의 물음에 호걸개가 그간 있었던 일들을 소상히 털어 놓기 시작했다.

서윤은 그 옆에서 가만히 이야기를 들으며 호걸개와 묵걸개를 번갈아 바라보고 있었다.

호걸개의 이야기를 다 들은 묵걸개가 가만히 고개를 끄덕이며 입을 열었다.

"위험했구만."

"그렇습니다. 이런 상황에서 도저히 개방은 그 틈을 파고들 수가 없습니다."

"그렇겠지. 그럴 게야."

묵걸개가 고개를 끄덕이며 말했다.

'뭔가 이상하다.'

서윤이 이상한 낌새를 느낀 것이 바로 그때였다. 묵걸개의 처소 근처로 아주 조심스럽게 접근하는 자들의 기척을 느낀 것이다.

호걸개는 미처 그것을 느끼지 못했는지 묵걸개와 대화를 하기에 바빴다.

"이보시게, 호걸개."

[지금 밖에 누군가가 모여들고 있습니다.]

묵걸개의 말과 동시에 서윤이 호걸개에게 전음을 보냈다. 그 순간 호걸개도 무언가를 느꼈으나 조금도 내색하지 않았다.

"개방의 틈을 파고들 수가 없는 이유가 뭔지 아는가?"

[이곳, 아무래도 복마전 같습니다.]

호걸개는 묵묵히 두 사람의 이야기를 듣고만 있었다.

"개방 전체를 한 사람이 장악했기 때문일세."

묵걸개의 말에 서윤과 호걸개는 조심스럽게 진기를 끌어올렸다.

"그 사람이 누군지는 짐작하고 있겠지?"

"물론입니다."

평소와 다름없는 표정과 말투로 말하는 묵걸개를 보며 호걸개가 미소와 함께 대답했다.

"그렇군. 짐작했군."

그렇게 말한 묵걸개가 자신의 앞에 놓인 책상 밑으로 손을 가져갔다.

서윤과 호걸개는 진기를 끌어 올린 채 만반의 준비를 했다. 그리고 그 순간, 묵걸개가 두 사람을 바라보며 입을 열었다.

"그렇다면 죽게."

콰직!

그 순간 사방에서 개방의 거지들이 뛰쳐 들어왔다.

*　　　　*　　　　*

동의 다급한 호출에 설군우와 설궁도, 설시연이 설백의 방으로 달려갔다.

설백의 옆에서는 태사현이 그의 맥을 짚으며 상태를 살피고 있었다.

"무슨 일입니까? 어디가 좋지 않은 겁니까?"

설군우가 다급하게 물었다. 의선의 표정이 좋지 않아 보여 더욱 가슴 졸이고 있었다.

"아닙니다. 곧 깨어나실 듯합니다."

태사현의 말에 모두가 설백의 옆에 다가 앉아 그의 얼굴을 바라보았다.

일 각이 한 시진 같은 그 시간이 흐르고 모두가 가슴 졸이고 있을 때였다.

번쩍!

절대 떠지지 않을 것 같던 눈꺼풀이 천천히 위로 올라갔다.

"아버지!"

"할아버지!"

설군우와 설궁도, 설시연이 기쁨에 찬 목소리로 설백을 불렀다.

검왕 설백, 그가 기나긴 잠에서 깨어나는 순간이었다.

『풍신서윤』 6권에 계속…

초대형 24시 만화방

신간 100%, 샤워실, 흡연실, 수면실(침대석), 커플석, 세탁기 완비

■ 강북 노원역점 ■

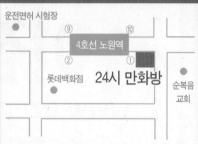

서울 노원구 상계동 340-6 노원역 1번 출구 앞 3층
02) 951-8324 (화용빌딩 3층)

■ 일산 정발산역점 ■

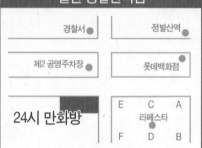

라페스타 E동 건너편 먹자골목 내 객잔건물 5층
031) 914-1957

■ 일산 화정역점 ■

경기도 고양시 덕양구 화정동 984번지 서일빌딩 7층
031) 979-4874 (서일사우나 건물 7층)

■ 부천 역곡역점 ■

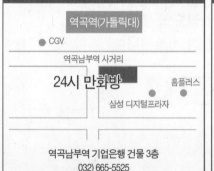

역곡남부역 기업은행 건물 3층
032) 665-5525

■ 부평역점 ■

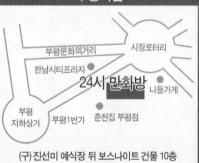

(구) 진선미 예식장 뒤 보스나이트 건물 10층
032) 522-2871

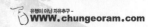

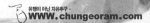

FUSION FANTASTIC STORY

임영기 장편 소설

바람의 마스터

Wind Master

중국집 배달원으로 평범한 삶을 살던 한태수.
음식 배달 중 마라톤 행렬에 휩쓸려
하프마라톤을 뛰게 되는데…….
늦깎이로 시작한 육상에서 발견한 놀라운 재능!

과거는 모두 서론에 불과할 뿐,
이제부터가 본론이다.
두 눈 똑똑히 뜨고 잘 봐라.
내가 어떻게 세계를 제패하는지…….

남은 것은 승리와 영광뿐!

Book Publishing CHUNGEORAM

유행이 아닌 자유추구 –
WWW.chungeoram.com

내일을 향해 쏴라

김형석 장편 소설

FUSION FANTASTIC STORY

1만 시간의 법칙!
'성공은 1만 시간의 노력이 만든다' 는 뜻이다.

그러나…
사회복지학과 복학생 수.
전공 실습으로 나간 호스피스 병동에서
미지와 조우하다.

1만 시간의 법칙?
아니, 1분의 법칙!

전무후무한 능력이 수에게 강림하다!
맨주먹 하나로 시작한 수의
인생역전이 시작된다!

Book Publishing CHUNGEORAM

유행이 아닌 자유추구-
WWW.chungeoram.com

十字星 십자성
전왕의 검

허담 新무협 판타지 소설
FANTASTIC ORIENTAL HEROES

신력을 타고났으나 그것은 축복이 아닌 저주였다.

『십자성 - 전왕의 검』

남과 다르기에 계속된 도망자의 삶.
거듭된 도망의 끝은 북방 이민족의 땅이었다.
야만자의 땅에서 적풍은 마침내 검을 드는데……!

"다시는 숨어 살지 않겠다!"

쫓기지 않고 군림하리라!
절대마지 십자성을 거느린
적풍의 압도적인 무림행이 시작된다!

Book Publishing CHUNGEORAM

이계진입
리로디드

임경배 퓨전 판타지 소설

FUSION FANTASTIC STORY

Book Publishing CHUNGEORAM

유행이 아닌 자유추구
WWW. chungeoram.com

paráclito
빠라끌리또
FUSION FANTASTIC STORY
가프 장편소설
막장 비리 검사가
최고의 검사로 거듭나기까지!
그에겐 비밀스러운 친구가 있었다.
『빠라끌리또』
운명의 동반자가 된 '빠라끌리또'가 던진 한마디.
-밍글라바(안녕하세요)!
그 한마디는 막장 비리 검사, 송승우의
모든 것을 통째로 리뉴얼시켜 버렸다.
빠라끌리또=Helper, 협력자, 성령.
Book Publishing CHUNGEORAM
유행이 아닌 자유추구 -
WWW.chungeoram.com

철백 新무협 판타지 소설
FANTASTIC ORIENTAL HEROES

大武

대무사

피와 비명으로 얼룩진 정마대전의 종결.
그리고…

"오늘부로 혈영대는 해산한다."

혈영대주 이신.
혈영사신(血影死神)이라고 불리는 그가
장장 십오 년 만에 귀향길에 올랐다.

더 이상 전쟁의 영웅도, 사신도 아니다!

무사 중의 무사, 대무사 이신.
전 무림이 그의 행보를 주목한다!

Book Publishing CHUNGEORAM

유행이 아닌 자유추구 -
WWW.chungeoram.com